U0541508

汉译世界文学名著丛书

莎士比亚
诗歌全集
十四行诗及其他

〔英〕莎士比亚 著

曹明伦 译

汉译世界文学名著丛书
出 版 说 明

  1902年，我馆筹组编译所之初，即广邀名家，如梁启超、林纾等，翻译出版外国文学名著，风靡一时；其后策划多种文学翻译系列丛书，如"说部丛书""林译小说丛书""世界文学名著""英汉对照名家小说选"等，接踵刊行，影响甚巨。从此，文学翻译成为我馆不可或缺的出版方向，百余年来，未尝间断。2021年，正值"汉译世界学术名著丛书"出版40周年之际，我馆规划出版"汉译世界文学名著丛书"，赓续传统，立足当下，面向未来，为读者系统提供世界文学佳作。

  本丛书的出版主旨，大凡有三：一是不论作品所出的民族、区域、国家、语言，不论体裁所属之诗歌、小说、戏剧、散文、传记，只要是历史上确有定评的经典，皆在本丛书收录之列，力求名作无遗，诸体皆备；二是不论译者的背景、资历、出身、年龄，只要其翻译质量合乎我馆要求，皆在本丛书收录之列，力求译笔精当，抉发文心；三是不论需要何种付出，我馆必以一贯之定力与努力，长期经营，积以时日，力求成就一套完整呈现世界文学经典全貌的汉译精品丛书。我们衷心期待各界朋友推荐佳作，携稿来归，批评指教，共襄盛举。

商务印书馆编辑部
2021年8月

译者说明

一

正如司各特（Walter Scott，1771—1832）在以历史小说家著称之前就已经是著名诗人一样，莎士比亚（William Shakespeare，1564—1616）在以剧作家闻名之前也早已蜚声英国诗坛。在伊丽莎白时代，知识界和普通读者都更多地把他看作诗人。莎士比亚的全部诗作包括三部长诗（《维纳斯与阿多尼》《鲁克丽丝受辱记》《情女怨》）、154首十四行诗、一册杂诗集（《爱情追寻者》），以及两首短诗（《凤凰和斑鸠》和《女王颂》）。

《维纳斯与阿多尼》（*Venus and Adonis*）初版于1593年，是那个时代最受读者欢迎的爱情叙事长诗。虽说其主要读者对象是那些受过良好教育、对拉丁文学和英国经典文学都颇具鉴赏力的高雅之士，但据1622年出版的一本书记载，当时有修道院的神父也会在晚餐后读一读莎士比亚描述的爱神维纳斯追求美少年阿多尼的浪漫故事。根据莎学专家的考证，这部装帧优雅、印刷精美的长诗在莎士比亚逝世前就重印了8次，成了发行甚广的畅销书。这首被莎翁自称为"处女作"（the first heir of my invention）的长诗，故事清新明快，音韵优美和谐，比喻精巧，语言瑰丽，时而机智风趣，时而凄切哀婉，把爱神维纳斯塑造成了一个娇艳而奔放、敢于追求世俗爱情的女性形象。

《鲁克丽丝受辱记》(*The Rape of Lucrece*) 初版于1594年，同样印刷精美，同样受读者欢迎，在诗人逝世之前也重印了5次。这部长诗取材于奥维德《岁时纪》(*Fasti*) 第2卷中的内容，莎士比亚把奥维德用73行诗简述的鲁克丽丝的故事演绎成了一部1855行的长诗。有莎学专家认为，这部诗充分展示了莎士比亚写人物对话及其内心独白的高超语言技巧，而最显这种技巧的地方莫过于三处：一是罗马王子塔奎关于自己是否该放纵情欲的那段内心对话，二是塔奎溜进鲁克丽丝的卧室后与她的那场唇枪舌战，三是鲁克丽丝被强奸后那番极富条理的控诉。所以，该诗不仅是16世纪人文主义文学理论家所推崇的"绚辞丽句"艺术之最高典范，也是莎翁既反对禁欲又鄙视纵欲的早期人文主义思想最明确的表露。

《十四行诗集》(*Sonnets*) 初版于1609年。书中154首十四行诗可分为三个部分：诗人在第一部分（1—126首）歌颂了他与一位美貌青年之间炽热的友情，劝那位青年娶妻生子，繁衍其美，同时也悲叹这位朋友被诗人自己的情人引诱，并表达了他因这位朋友喜欢另一位诗人而产生的懊恼之情；在第二部分（127—152首），诗人审视了自己对一位"从他身旁把天使引开"的女人（黑肤女郎）的迷恋之情；最后两首诗是对一首写爱火被冷泉浇灭的希腊讽刺短诗的模仿，似乎与前两部分的内容无关，所以单独为一部分，不过若把这两首诗中的"我的情人"看成黑肤女郎，这两首诗也可以归入第二部分。由于莎士比亚十四行诗是用第一人称抒情叙事，加之华兹华斯在两个世纪后写过"别小看十四行诗，莎士比亚曾凭这把钥匙敲开其心扉"，所以常有人认为，莎士比亚的十四行诗有自传的性质。几百年来，莎学家们一直试图证明诗中的青年男子和黑肤女郎到底是谁，不过各种推测最后都因证据不足而不了了之。然而，正如有莎学专家指出的那样，难以确定诗中青年男子和黑肤女郎的身份，反倒能鼓励我们把注意力集中于这些十四行诗的艺术品质。这些诗虽是写给朋友和情人的，但涉及的内容十分深广，已远远超出了对友谊和爱情的咏叹，处处激荡着诗人对真善美的讴歌，对假恶丑的抨击，对人性解放、个性尊严和社会公平的向往。而经过莎翁的实践和改造，英语十四行诗的形式也变得更加精巧，更加完美。这154首十四行诗实乃莎翁人文主义精神发展成熟的标志，是其高超艺术水平的一座丰碑。

《情女怨》（*A Lover's Complaint*）也于1609年问世，当时与《十四行诗》合为一书出版。曾有学者因这首诗中出现了若干不见于莎翁其他作品的外来词语（主要是拉丁语）而怀疑此诗不是出于莎士比亚的手笔，但许多学者认为这种怀疑根据不足。近年来这种争论趋于平息。河滨版《莎士比亚全集》（*The Riverside Shakespeare*）的编者认为，《情女怨》可能是一部尚未写完的长诗，虽算不上莎翁的主要作品，但从艺术品质和众多评论家的赞誉来看，这首诗即便不能为莎翁的成就增辉，但也不会让莎翁的光辉减色。

诗集《爱情追寻者》（*The Passionate Pilgrim*）的初版只有一个残本存世。残本书页不全，版权页佚失，因此无法考证这册小书最早出版于何年。该书第二版现存两个全本，其版权页标明出版日期为1599年，出版地为伦敦，作者署名为莎士比亚。但由于这本小书汇编的诗歌形式多样，格律杂陈，除其中五首被确认为莎翁作品外，其余各首的作者身份一直存疑，有人认为这些诗是莎翁崇拜者的仿作。不过几百年来，《爱情追寻者》一直归于莎翁名下。这册小书共收诗20首，第15首之前有个辑名《配乐散曲》（Sonnets to Sundry Notes of Music），因此其后的几首诗可以被看作是这册诗集中的一个"特辑"，从风格上看，"特辑"中的六首诗明显具有歌谣风味，也许当年就是为配乐演唱而作。

短诗《凤凰和斑鸠》（The Phoenix and Turtle）最初被收在以一本名为《殉爱者，或罗莎琳的抱怨》（Love's Martyr or Rosalin's Complaint, 1601）的诗集中。《殉爱者》是一首寓言长诗，作者是一位名叫罗伯特·切斯特的二流诗人，他将此诗题献给当年6月被女王册封为爵士的约翰·索尔兹伯里，同时出润笔费邀请了莎士比亚、乔治·查普曼和本·琼森等著名诗人为他的诗集添墨。《殉爱者》叙述象征伊丽莎白女王的神鸟凤凰接受一只象征忠臣的斑鸠的充满爱的侍奉，所以众诗人的添墨诗也都以凤凰和斑鸠为题。莎士比亚的添墨诗以"让声音最亮的鸟儿歌唱"起句，原诗并无标题，后来以《凤凰和斑鸠》为名传世。

短诗《女王颂》（To the Queen）直到1972才以手稿的形式被人发现。于2007年首次编入皇家版《莎士比亚全集》。《女王颂》原稿写于一个信封背面，据专家考证，莎士比亚剧团曾于1599年2月20日（那天是忏悔星期二，即基督教四旬斋首日之前的那天）在王宫上演新剧《皆大欢喜》（As You Like It），此诗便是莎士比亚为该次演出临时草就的"收场白"。

二

以英诗诗体格律而论,《维纳斯与阿多尼》用的是六行诗体, 每节6行, 每行含5或4个抑扬格音步, 其尾韵是 ababcc。《鲁克丽丝受辱记》和《情女怨》用的是七行诗体(每节7行), 其尾韵是 ababbcc(这种韵式又称"皇家韵", 因苏格兰国王詹姆斯一世曾用这种韵式写诗)。这两种稳定的韵律都适合写浪漫叙事诗。莎士比亚的十四行诗同伊丽莎白时代大多数英语十四行诗一样, 也是由3节隔行押韵的四行诗加一个叠韵的对句构成, 其韵式是 abab cdcd efef gg [不同于斯宾塞(Edmund Spenser, 1552—1599)写《小爱神》用的 abab bcbc cdcd ee, 也不同于锡德尼(Sir Philip Sidney, 1554—1586)写《爱星者与星》爱用的 abba abba cdcd ee], 这种韵式后来被称为"莎士比亚体"(Shakespearean form)或英国体。《爱情追寻者》中的20首诗形式多样, 格律杂陈, 有十四行诗、双行诗(每两行同韵)、民谣四行诗和六行诗体等等。《凤凰和斑鸠》和《女王颂》这两首短诗用的都是四音步扬抑格诗句(就是《仲夏夜之梦》结尾众仙歌唱所用的那种句式), 前者的尾韵是 abba cddc..., 后者则是 aabbcc...。

翻译外国诗歌是否应该步原韵(保留原文韵式), 这历来是中国翻译家和学者探讨的一个问题。早在1984年, 我在与人合作主持编注《英诗金库》(*The Golden Treasury of the Best Songs and*

Lyrical Poems in the English Language）时，就在为出版社草拟的约稿信中提出了自己的译诗原则：在神似的基础上争取最大限度的形似。我历来认为，译介外国文学作品一方面是要为本民族读者提供读之有益的读物，另一方面则是要为本民族作家提供可资借鉴的文本。要实现这一目的，就不仅要译出原作的思想内容，同时还要译出其文体风格；对译诗而言，要译出原诗的文体风格，就应该尽量保留原诗的音步（节奏）和韵式，因为原诗的内容和形式之间往往有一种统一和谐的美学特征，而只要译法得当，保持原诗节奏和韵式的中译文仍有可能保持原诗统一和谐的美学特征，仍有可能让译文读者感受到语音和语义的跌宕起伏，感受到节奏上的舒缓张弛。例如莎士比亚十四行诗第60首：像波涛涌向铺满沙石的海岸，／我们的时辰也匆匆奔向尽头；／后浪前浪周而复始交替循环，／时辰波涛之迁流都争先恐后。／生命一旦沐浴其命星的吉光，／并爬向成熟，由成熟到极顶，／不祥的晦食便来争夺其辉煌，／时间便来捣毁它送出的赠品。／光阴会刺穿青春华丽的铠甲，／岁月会在美额上挖掘出沟壑，／流年会吞噬自然创造的精华，／芸芸众生都难逃时间的镰刀。／可我的诗篇将傲视时间的毒手，／永远把你赞美，直至万古千秋。

不过我也注意到，即便格律最为严谨的十四行诗也常常有"变格"甚至"破格"，如莎士比亚十四行诗第99首就多出了一行（共15行），第126首不是莎士比亚体，而是英雄双行体，而且全诗只有12行；斯宾塞的十四行诗集《小爱神》第8首也不是斯宾塞体，而是后来被称作莎士比亚体的英国体。锡德尼在其十四行诗集《爱星者与星》中的"变格"情况更为普遍，108首十四行诗中有 6 首（1、6、8、76、77 和 102 首）使用了六音步诗行（hexameter），而不是英国十四行诗通常的五音步诗行（pentameter）。我同时也注意到，这些"变格"或"破格"并非随意为之，而是因内容需要产生的形式变化。为内容需要而"破格"之极端见于格里芬（Bartholomew Griffin, ？—1602）的十四行组诗《致菲德莎》（*Fidessa*, 1596）最末一首（第 62 首），该诗只用了一韵，其押韵方式为 aaaa aaaa aaaa aa，每行结尾都是一个爱（love）字，从而使整组诗的感情抒发达到最高潮。总而言之，由于任何民族成熟的诗歌都有严谨的格律（锡德尼语），所以我提倡中文译者尽可能保持英语诗歌的节奏和韵式；但由于诗歌必须使用自然流畅的语言，所以我也反对削足适履，因韵害义，若翻译时出现内容和形式不能兼得的情况，我赞同美国翻译学者奈达（Eugene A. Nida, 1914—2011）的建议："舍弃的应该是形式，而非内容。"

基于上述认识，我译《维纳斯与阿多尼》《鲁克丽斯受辱记》和《情女怨》都只保持了原诗的节奏，但未囿于前者 ababcc 和后者 ababbcc 的韵式。因为要模仿原诗韵式，中译文必须在每个小节中都换韵，而作为长诗，其韵律会显得不甚和谐，译文读者也难以体味原诗音韵和谐、节奏鲜明的特色。所以翻译这三首叙事诗，我延续了早年翻译司各特三部长诗（《湖上夫人》《玛米恩》和《最后一个吟游诗人的歌》）时所采用的策略，即每节（偶尔每两节）一韵，押在偶行，对每节 7 行的《鲁克丽斯受辱记》和《情女怨》则酌情多韵一行。用韵基本依照《现代诗韵》划分的 13 个韵部或《中华新韵》划分的 14 个韵部。为尽可能避免因韵害义，我采用了"宽韵"和"通韵"，即"歌""波"通押，"衣""居"通押，"山""天"通押，东部中的"声"韵与根部的"根"韵通押。

拙译《十四行诗集》除保持原诗节奏外，还保留了原诗的韵式。因为英语十四行诗是英诗中格律最为严谨的一种诗体，而韵式又是十四行诗的主要特征之一，所以保留其韵式是国内多数译家翻译十四行诗的首选。

虽然《爱情追寻者》中的20首诗格律杂陈，韵式多样，但拙译除第12、第15、第16、第17和第19首之外，其余各首都保留了原诗韵式。对第15首之后的"配乐散曲"，译者还试图再现其歌谣风味，这也是后面有几首诗没有保留原诗韵式的主要原因。

保持两首短诗的原韵就容易多了，《凤凰和斑鸠》所用的"*abba cddc...*"与中国古典诗歌中不常用的抱韵相似，闻一多的《忘掉她》和徐志摩的《朝雾里的小草花》用的也是这种韵式。至于《女王颂》用的"*aabbccdd...*"，在汉语诗中也古今有之，古有李煜的《虞美人》等，今则有陕北民歌"信天游"和内蒙民歌"爬山调"等。

当然，既要再现英诗原来的节奏和韵式，又要让中文译诗读起来自然流畅，这对译者来说也许只是一种追求，而《莎士比亚诗歌全集》的翻译就算是这种追求的又一次尝试。

三

这部《莎士比亚诗歌全集》是在不同时期翻译的。按先后顺序，《十四行诗集》是应漓江出版社宋安群先生之邀于1994年3月至7月翻译，由漓江出版社于1995年7月以《莎士比亚十四行全集》为书名出版，1996年重印，两次共印2万册（其中首印有精装本2000册，2印增补了李赋宁先生的序言）。2008年9月，河北大学出版社以《莎士比亚十四行诗集》为书名出版了此书的修订版，首印3000册，2011年2月重印3000册。2016年4月，译林出版社以《十四行诗集》为名将其收入该社的《莎士比亚全集》（增订本）第8卷出版。

《维纳斯与阿多尼》也是应漓江出版社邀请翻译的，翻译时间是1994年8月至9月，由漓江出版社于1995年8月出版，印数为6000册。2016年4月，外语教学与研究出版社将其收入该社的皇家版《莎士比亚全集》（诗歌卷）出版。

《鲁克丽丝受辱记》《凤凰和斑鸠》和《女王颂》都是应外语教学与研究出版社之邀于2009年1月签约后陆续翻译的。《鲁克丽丝受辱记》译于2010年8月至10月和2011年7月至8月两个时间段。《凤凰和斑鸠》和《女王颂》译于2011年8月。这些译诗于2016年4月由外语教学与研究出版社收入其皇家版《莎士比亚全集》出版。

《情女怨》和《爱情追寻者》是应译林出版社老社长章祖德先生之邀于2020年7月翻译的，编入由后浪出版公司策划、江苏凤凰文艺出版社2021年8月出版的拙译《莎士比亚爱情诗集》（插图珍藏版）。

英语国家多有 Shakespeare's Poems 的版本，但国内除数种《莎士比亚全集》中有诗歌卷之外，把莎诗单独集为一册出版的实为罕见。笔者这次将上述译诗全面修订，汇编成《莎士比亚诗歌全集》，交由商务印书馆出版，以飨爱诗的朋友。

曹明伦
2022 年秋分于成都

目 录

维纳斯与阿多尼……………………………………………1
鲁克丽丝受辱记……………………………………………65
十四行诗集…………………………………………………165
情女怨………………………………………………………281
爱情追寻者…………………………………………………297
凤凰和斑鸠…………………………………………………319
女王颂………………………………………………………325

《莎士比亚十四行诗全集》序………………………李赋宁 327

维纳斯与阿多尼

让凡夫俗子去赞美敝屣秕糠，
愿阿波罗赐我饮灵感之圣泉。①

敬奉
南安普敦伯爵兼蒂奇菲尔德男爵
亨利·赖奥思利阁下

---

① 此题记引自奥维德《恋歌》(*Amores*) 第 1 卷第 15 首第 35—36 行，原文为拉丁文。皇家版 (The Royal Shakespeare) 英译文为: Let the rabble admire worthless things, / May golden Apollo supply me with cups full of water from the Castalian spring. 河滨版 (The Riverside Shakespeare) 采用的是马洛 (Marlowe) 译文: Let base-conceited wits admire vile things, / Fair Phoebus lead me to the Muses' springs (让凡夫俗子去赞美敝屣秕糠，愿阿波罗引我至缪斯之圣泉)。

尊贵的阁下：

　　我不知将此粗陋之篇奉与阁下是何等冒昧，亦不知世人将如何责我竟用此等微音绕如此巨梁，但只要阁下您显露些许称心，我自会感觉蒙受褒扬，并誓用余生之暇日，以更为庄雅之作替阁下增光。然若不才之处女作不堪展阅，我则会因有负阁下之庇护而深感愧疚，从此绝不再耕耘这片硗薄之土，以免再获此等歉收。我恭候阁下对拙作之明鉴及嘉许，愿此能永称阁下之心，遂世人之望。

阁下忠实的仆人
威廉·莎士比亚

当红彤彤赤艳艳的东方朝阳
才刚刚告别了潸潸垂泪的黎明,①
双颊红润的阿多尼便忙于追猎,
他喜欢飞鹰走犬,嗤笑说爱谈情;
害相思病的维纳斯偏把他紧追,②   5
像个冒失的求爱者向他求婚。

她巧言道:"你比我还美丽三倍,
你乃花中魁首,有无比的芳菲,
你让宁芙③失色,你比壮男俊美,
你洁白赛银鸽,你嫣红盖玫瑰,   10
那为显绝艺而创造你的'造化'

---

① 在最初的神话传说中,太阳神乃黎明女神厄俄斯的兄弟赫利俄斯,公元前 5 世纪后,赫利俄斯才逐渐与阿波罗混为一体;厄俄斯之子门农在特洛伊城下死于阿喀琉斯之手,厄俄斯常常为此哭泣,纷纷落地的眼泪即为清晨的露珠。

② 据希腊罗马神话传说,有一天维纳斯和她的儿子丘比特嬉戏时被他的金箭划伤,伤愈前她第一眼看见的就是美少年阿多尼,于是爱神为他坠入爱河。

③ 宁芙乃希腊神话中居于山林水泽之众仙女。

说你一旦夭亡则天地万物共毁。

"你这造化之奇观,请屈尊下马,
把高昂的马头于鞍弯上紧系;
你若肯俯允此愿,我将给你报赏, 　　　15
让你领略鲜为人知的风流奥秘。
来这边坐吧,这儿没嗞嗞蛇鸣,
坐稳后我要吻得你气喘吁吁。

"但我不会让你的嘴唇感觉到腻烦,
而要让它们吻得越多越饥渴难抑, 　　　20
叫它们随着花样翻新而忽红忽白:
十短吻如一吻,一长吻如二十。
在这种欢娱的消遣之中打发光阴,
漫长的炎炎夏日也显得转瞬即逝。"

说话间她把他冒汗的手掌捉牢, 　　　25
手掌出汗说明他正值青春年少,
春心荡漾的爱神将此唤作香膏,
人世间治女神相思病的灵丹妙药。
如此意乱心迷,情欲给她力量,
她大胆伸手把少年拽下了鞍桥。 　　　30

爱神一手挽住那匹骏马的缰绳,

一手把不谙世故的少年搂定。
少年轻蔑地绷着羞红的脸庞，
宛若呆木顽石，无意风流调情；
女神脸红心热像炉中熊熊炭火， 35
少年面红耳赤但心却凝霜结冰。

爱多敏捷哟！她身手迅疾，
把有饰钉的辔头拴在了一根粗枝；
骏马一旦被拴好她便开始尝试
要把骏马的主人也拴牢缚实。 40
她按自己喜欢的方式把他摁倒，
用体力把他制服，既然难用魅力。

少年刚刚倒地她便躺倒在他身旁，
双双用胳膊肘支撑侧卧在地上。
她一摸他的脸颊他就皱眉蹙额， 45
他一开口责骂就被她的热吻阻挡，
她一边亲吻一边吐出娇声浪语：
"你要是再骂我就教你有口难张。"

他羞得满脸通红，两腮似火烧，
她用眼泪把他滚烫的脸腮浇冷， 50
再用她风一般的叹息和金色秀发
把滴在他脸上的泪珠吹干拂净。

他说她轻狂佻薄，骂她厚颜无耻，
可她一个热吻堵住了他的骂声。

就好像一只饥肠辘辘的飞鹰   55
用利喙撕食它捕获的猎物，
拍着翅膀连毛带骨一并吞咽，
要么吃个精光，要么撑肠拄腹。
爱神就这般狂吻那英俊少年，
从腮吻到额顶，从额到腮骨。   60

他被迫逆来顺受，但却吻不由衷，
口中喘出的气息直扑她的面孔。
爱神像吞咽美食一般吸入这香气，
把它视为天降膏泽、自然清风，
她唯愿自己的双颊是萋萋花园，   65
只要这花园能浸润在这甘霖之中。

恰似一只小鸟被罗网缠住，
阿多尼此刻陷在爱神的怀抱。
羞涩和怯于反抗令他焦灼，
焦灼的目光使他更显美貌。   70
满满当当的大河再注入豪雨，
势必会溢出河堤，泛滥成涝。

她依然楚楚动人地苦苦哀求,
要对那双迷人的耳朵谈情说爱;
他依然皱眉蹙额,焦灼不安,　　　　　75
羞涩和恼怒使他的脸忽红忽白。
可他的脸红令她越发动情,
他的脸白更让她爱得死去活来。

不管他脸色如何,她都难抑春心,
于是她凭不朽的玉手立下誓言,　　　　80
说她决不会离开他柔软的怀抱,
除非他同她夺眶而出的泪水休战,
那澜澜泪雨早湿了她的两腮,
而他甜甜一吻即可把这情债偿还。

他闻此誓言立即仰起面孔,　　　　　　85
像只潜水的鸬鹚把头探出水面,
见有人窥视又突然潜入水中;
他就这样试图了却她的心愿,
可当她举唇等待他的给予,
他却两眼一闭把嘴掉向一边。　　　　90

炎炎夏日里口干舌燥的旅客
也不曾像她对此良机这般焦渴。
能望见清泉,但可望而不可即,

浸泡在水中，但泪水难熄欲火。
她哭诉道："可怜我吧，狠心少年，　　　　95
我只求一吻，你干吗这般羞涩？

"像我求你一样，我也曾被人追求，
追求者中甚至有威风凛凛的战神，
疆场上他不曾低过倔强的头颅，
他从来都所向披靡，战无不胜，　　　　100
但他一直是我的俘虏，我的奴隶，
向我求过你能不求而获的亲吻。

"他的利矛、巨盾和羽饰头盔
都曾一度闲挂在我祭坛之上，
他为我之故而学会了歌舞嬉戏，　　　　105
学会了打情骂俏和风流放荡，
他摈弃了咚咚战鼓和猩红旌旗，
在我床上扎营，把玉臂当战场。

"威风八面的他就这样被我降伏，
一根红玫瑰合欢链就把他俘虏；　　　　110
再硬的钢铁也顺从他强劲的臂力，
他却顺从于我对他的扭捏和轻辱。
可你别因征服了降服战神的她，
就为自己的魅力而骄傲，而自负。

"你只消把芳唇印在我的唇上——　　　115
我的唇也红艳，虽不及你的香——
此吻能让我销魂，也可令你荡魄。
你干吗老往地上瞅？请抬起脸庞，
朝我眼里看，那儿藏着你的美；
既然眼能成对，唇为何不能成双？　　　120

"你羞于接吻？那就再闭上双眼，
我也闭目，让白昼像夜晚一般。
只要有一男一女，爱就常葆欢乐；
放心玩吧，咱俩欢娱没有人看见。
我们身下的紫罗兰绝不会多嘴，　　　125
它们也不懂咱俩为何如此这般。

"你唇上的茸毛说明你尚年幼，
但你已有美味可尝，秀色可餐。
及时行乐吧，莫负良辰美景，
美不该被荒废，天物不应被暴殄。　　　130
明媚鲜妍的娇花若不及时采摘，
转眼便叶残英落，红消香断。

"倘若我相貌丑陋，白发黄牙，
性情粗野，行为乖戾，声音沙哑，
百病缠身，精竭髓尽，毫不性感，　　　135

骨瘦如柴,先天不育,老眼昏花,
那你可以退缩,因我配不上你,
但我本无瑕白璧,你为何厌咱?

"你在我额上看不见一丝皱纹,
我眼睛秋波荡漾,灼灼晶晶;　　　　140
我的美就像是永远不败的春天,
我肌肤丰润,心中荡漾春情,
你要是摸摸我这柔嫩光滑的手,
只恐它会融化在你的掌心。

"请容我说,我嗓音悦耳动听,　　　　145
我会像仙女在绿草地上舞姿迷人,
或像一位披着蓬松长发的宁芙,①
在沙滩上起舞却不留下足印。
爱是一种完全由火构成的精神,
不会重浊下坠,只会轻灵上升。②　　　　150

"请看这片我躺于其上的樱草,

---

① 见本诗第9行注。
② 古代西方哲学中认为风、火、水、土是构成一切的四大元素,风与火轻灵,水与土重浊。另参阅本书《十四行诗集》第44首第10—14行、第45首第1—8行。

娇弱的花儿犹如大树把我轻托;
两只鸽子①就能拉着我漫游天空,
从早到晚,不论我上哪儿去寻乐;
爱是如此的轻灵,可爱的少年,　　　　155
你怎能视它为不堪承受的重荷?

"难道你的心会把你的脸蛋爱慕?
难道你右手能把你的左手追求?
那就向自己求爱吧,再拒绝自己;
偷走自己的自由,再埋怨小偷。　　　　160
那耳喀索斯②就曾这样自我毁弃,
为亲吻他溪水中的倒影而把命丢。

"火炬是为照明,珠宝是为佩戴,
佳肴是为品尝,美貌是为欢爱,
花草为芬芳而生,树为果实而长;　　　165
物若为生而生,是对生长的伤害。
种子生于种子,而美则繁衍美;
父母给予的美你应该传给后代。

---

① 传说维纳斯乘坐的四轮车由一对白色的鸽子(或天鹅)牵曳。
② 那耳喀索斯乃希腊神话中之美少年,他面对水中自己的倒影,顾影自怜,相思而亡,死后化为水仙花。

"你若不为大地之生息而繁衍,
你何以该享天地灵气,日月精华?   170
依自然法则你必须繁衍后代,
这样你的美方可于你身后留下;
纵然面对死神你仍可幸免于死,
因你留下了风姿如玉,容貌如花。"

害相思病的爱神这时开始出汗,   175
因为他俩躺的地方阴影已挪移,
太阳神在炎炎正午也感到疲乏,
正用其滚烫的目光把他俩俯视,
他真希望阿多尼替他驭驾马车,①
自己则像阿多尼与爱神相偎相依。   180

而此时阿多尼仍然没精打采,
满脸阴沉,忧心忡忡,郁郁寡欢,
紧锁的眉头锁住清澈的目光,
似愁云惨雾把朗朗晴空遮掩,
他怒然吼道:"别再谈情说爱!   185
我得离去,太阳正灼我的脸。"

"哟,"爱神说,"你年少却心狠,

---

① 据希腊神话传说,阿波罗每天驾载着太阳的金马车由东向西驶过天空。

竟用这般牵强的借口以图脱身！
我会叹口仙气，让徐徐微风
把西去骄阳的炎热吹凉吹冷；　　　　190
我要用这头秀发为你支起凉篷，
若头发被晒热，我就用泪来浇浸。

"天上的太阳只是在暖烘烘照耀，
瞧我正在日头下为你遮住烘烤；
太阳的炽热对我并没有多大伤害，　　195
可你眼中的火焰却在把我灼烧，
我若非不朽的女神，早一命呜呼，
天上地下两轮赤日早把我烤焦。

"难道你是如钢似铁的一块顽石？
不！因再硬的石块也会被水滴穿。　　200
你由女人所生却不懂爱为何物？
不知欲爱不能是何等苦不堪言？
唉，要是你母亲也这样守身如玉，
她就不会生你，会死得很凄惨。①

---

① 据神话传说，阿多尼的母亲乃塞浦路斯岛国王喀倪剌斯（Cinyras）的女儿密耳拉（Myrrha），她只爱自己的父亲，并在乳母的帮助下与其父同床十二夜。父亲发现这秘密后要追杀她，她向神祇求救，被神变成没药树，阿多尼即在树干中孕育并从中降生。另参阅奥维德《变形记》第10章第298—518行。

"你把我当何人，竟这般藐视？　　　　　　205
我向你求爱对你究竟有什么危险？
区区一吻对你的嘴唇又有何妨？
你说话呀，说恭维话，否则勿言。
赐我一吻吧，我将回报你一吻，
若我吻两下，多一吻算你白赚。　　　　　210

"咄！你这画中虚影，冰冷石雕，
徒有其表的泥胎，呆板的塑像，
一尊好看却毫不中用的木偶，
形同须眉但不像是由女人生养！
你虽有一副男儿相貌却并非男儿，　　　　215
因男儿对红唇热吻都心驰神往。"

话说到此焦躁使得她语哽声咽，
沸腾的热望使得她有口难张，
脸上嫣红眼中欲火道出其难堪：
本司风情月债却情债不得偿。　　　　　　220
她忽而潸然落泪，忽而嗫嚅欲言，
抽抽噎噎使她难以尽述衷肠。

她忽而把头摇，忽而拉他的手，
忽而抬眼望他，忽而又低头垂眸；
忽而张开双臂把他紧紧拥抱，　　　　　　225

14

可他却不愿被她那双玉臂扣留；
每当他挣扎着要从她的香怀脱身，
她百合花般的纤指却紧如锁扣。

"小傻瓜，"她说，"既然我把你
关在了这道象牙般的围栏之内，　　　　230
我就是一座鹿苑，你是我的鹿：①
你可上山峰吃草，或下幽谷饮水；
请先上这唇坡，但若嫌坡高地燥，
请往下进深沟，那儿涌泉甘美。

"这鹿苑内的地形地貌足够多样，　　235
有长满草的低谷，有可爱的平地，
隆起的圆圆山丘和郁郁丛林
能为你抵挡狂风，替你阻断暴雨；
做我的鹿吧，这鹿苑这般美好，
纵有千只猎犬咆哮也惊不了你。"　　240

阿多尼闻言一笑，似心存鄙夷，
微笑使一对浅浅的酒窝闪现依稀；

---

① 英文"鹿"（deer）和"亲爱的"（dear）发音相同，此类双关语在本诗中使用较频繁，中译文难以传达其妙。

这迷人的酒窝本是小爱神①造就,
为他死后能有这般无华的墓地,
但可以预见,即便他躺进这里, 245
他将在这儿永生,而绝不会死去。

这对可爱的酒窝,迷人的笑靥,
张着大口要让维纳斯坠入其中。
她早已神魂颠倒,现在怎能自持?
早已落花流水,怎经再次进攻? 250
可怜的爱神哟,你这是作法自毙,
偏爱这副对你不屑一顾的面孔!

现在她何路可走?何语可言?
该说的都已说罢,可忧愁更添;
时辰飞逝,她心上人要离去, 255
正在奋力要挣脱她双臂的羁绊。
她哀求道:"请稍稍怜香惜玉!"
他却一跃而起,欲牵马正鞍。

可是,瞧哟,从附近的矮树林中
闪出一匹正在发情的矫健牝马, 260
它一见阿多尼那匹骏足良驹,

---

① 指丘比特。

便喷着响鼻奔来,嘶声喧哗。
那骏马本来被拴在一棵树上,
现在却挣断缰绳直端端迎向它。

它急不可耐地跳跃,长鸣嘶嘶, 265
挣断了紧编密织的肚带絷累;
它坚硬的铁蹄踏伤了身下大地,
空洞的地心发出回响,声震如雷;
它咬碎了横在齿间的锻铁嚼子,
摆脱了所有束缚它的缰绳鞍辔。 270

它本来耷拉着耳朵和长长的细鬃,
现在却两耳竖立,鬃毛也高耸,
它鼻孔吸入的本来是新鲜空气,
呼出的却像炉中浓烟,雾气腾腾;
它那双犹如火焰般闪烁的眼睛, 275
显示出强烈欲望和一腔春情。

它忽而踱躞缓行,像从容数步,
威风而不失优雅,骄傲中有谦恭;
忽而又后腿直立,腾空跳跃,
仿佛说:"这显示出我力大无穷; 280
我如此这般是要俘虏那双眼睛,
叫那美丽的牝马对我一见钟情。"

它还操心什么主人的愤怒不安?
还理会什么"吁吁"之声声呼喊?
还害怕什么嚼子和尖尖马刺? 285
还在乎什么马衣漂亮,辔头鲜艳?
它眼中只有它所爱,至于其他,
它那双骄傲的眼睛全都视而不见。

正如有位丹青能手、画坛大家,
其艺可谓巧夺天工、出神入化, 290
他绘出的骠骡驮骁皆骨肉匀停,
画就的良驹往往胜过天生骏马;①
眼前这匹马就这般超凡脱俗,
无论其形态、风骨、色泽、步伐。

蹄圆,骹短,肢长,距毛蓬松, 295
胸阔,颅小,鼻宽,目光炯炯,
脊高,耳短,腿直,筋骨健壮,
鬃细,尾浓,臀阔,皮毛茸茸;
良驹应具备的优点它一样不缺,
只差位英武的骑手跨骥骑龙。 300

它忽而飞奔到远处又回首凝视,

---

① 这里可能暗指擅长画马的希腊画师尼孔(Nicon)。

忽而惊于一只小鸟被它惊动；
忽然间它又欲与清风比比赛跑，
而谁也看不出它是奔跑还是飞腾，
清风呼呼地穿过它的细鬃浓尾， 305
使它的鬃毛犹如翅膀起伏波动。

它凝视着它之所爱，朝其嘶鸣，
牝马也报以长嘶，似懂它的心意，
又如一名矜持的淑女见人求爱，
便佯作忸怩之态，假装薄情寡义， 310
不理它的求爱，讥讽它的痴心，
并尥蹶子把它亲热的拥抱回拒。

像一个情场失意者意懒心灰，
它耷拉下那条羽饰般的长尾，
为它发烧的臀部送去一片阴凉。 315
恼怒中它甚至想把苍蝇踩碎，
牝马见它发怒才略表柔情，
它愤怒的心因此得到稍许安慰。

它气急败坏的主人欲上前牵它，
却吓坏了那匹没人骑过的牝马， 320
牝马唯恐被捉，便弃它而逃，
它紧追而去，把主人阿多尼撇下。

两匹马像发疯一般冲向树林,
追过了一群想追过它们的乌鸦。

怒气冲冲的阿多尼猛坐到地上, 325
大骂他那头不服管束的畜生;
这下时机再一次对维纳斯有利,
她也许可凭哀求得到幸运,
因恋人们常说:若无伶牙俐齿,
爱心会备受委屈,蒙冤抱恨。 330

被淤塞的河流会更加汹涌,
被关上炉门的火炉会烧得更旺,
因此若能宣泄心中的积郁,
升腾的情焰欲火才可能下降,
但若是爱的辩护者一旦沉默, 335
欲辩无口的心就只有绝望。

他见她走来不由得又面红耳赤,
恰如余烬被风吹又死灰复燃;
他用帽子遮住气得通红的面孔,
怀着不安的心情盯着地面, 340
压根儿没注意她已离得多近,
因为他始终没有朝她正眼一看。

哦，好好看看那是一幅什么奇观，
看她怎样悄悄走近那任性少年，
看她脸上的颜色如何急剧变化， 345
嫣红和煞白是怎样相互遮掩！
方才她的双颊还蒙着一层死灰，
忽而又闪出红光，犹如长空闪电。

现在她恰好已来到他的身边，
像一位卑恭的情人跪在他跟前， 350
用一只柔嫩的手揭开他的帽子，
另一只手则轻轻抚摩他的脸；
他的脸更柔嫩，如新雪皎皎易污，
纤纤玉手也把指印留在了上面。

哦，当时好一场四目相交之争！ 355
她含情的眸子对他的眼睛哀述，
他眼望着那对眸子却像视而不见，
她仍秋波传情，他仍不屑一顾；
借助她澜澜的泪花作为帮腔，
这出哑剧的一场一幕都清清楚楚。 360

现在她轻轻地握住他的手，
好似冰雪牢狱把百合花拘囚，
或像一根石膏锁链把象牙束缚，

雪白的冤家缠住雪白的对头；
好一场一攻一守的美的战斗，　　　　　365
像两只雪白的银鸽在交喙接口。

她传情达意的舌头又开始述说：
"啊，你这位凡尘间最美的过客，
但愿我变作你，而你变成我，
但愿我心安然，你却伤心欲绝！　　　　370
那样你只需看我一眼我就会救你，
纵然为你而死我也会赴汤蹈火。"

"松开手，"他说，"你为何碰它？"
"还我心，"她说，"我就松开手，
以免你的狠心让我的心也变硬，　　　　375
一旦如此它对叹息就无法感受。
那时我不会再理睬情人的叹息，
因为阿多尼把我的心变成了石头。"

他说："真不知羞，快把手松开，
我的马已丢失，这一天也算白挨，　　　　380
而我丢失骏马是因为你的过错，
所以我求你，让我独自在此待待，
因为此时我所思所想所忧所虑，
就是让我的坐骑从牝马那里回来。"

她回答说:"你的马离去完全应该, 385
因为它欣然接受热烈甜蜜的爱;
情欲就像炉中余火必须加以冷却,
若对它置之不理就会把心烧坏,
茫茫大海有边,但深深欲壑无涯,
所以你的马离去不值得大惊小怪。 390

"它被拴在树上时多像一匹驽马,
一根缰绳就把它拴得服服帖帖!
可一见它之所爱,它青春之报偿,
它对那区区束缚是何等轻蔑!
昂首扬鬃抛弃了那卑鄙的絷累, 395
让整个身心获得自由之喜悦。

"谁眼见自己的心上人赤裸玉体,
教雪白的床单懂得何为雪肤凝脂,
却只让饕餮的眼睛去饱餐秀色,
而不容其余的感官同样享受欢娱? 400
有谁在寒冷冬日看见熊熊炉火,
却因懦弱而没有上前取暖的勇气?

"容我替马辩护,听话的孩子,
我真心求你要向你的马学习,
好好享受你伸手就可及的欢乐, 405

我虽口拙,它却用行动教你。
哦,学会爱吧,这一课并不难,
而且你一旦学会就绝不会忘记。"

"我不知什么是爱,而且也不想学,
除非爱是野猪,那我就可以追狩, 410
爱有太多义务,我可不想承担,
我对爱之爱就是让爱蒙耻含垢,
因为我听说爱就是活在死亡之中,
那样活着欢笑就等于悲泪长流。

"谁愿穿一件尚未缝好的衣裳? 415
谁会摘一朵尚未绽开的蓓蕾?
抽芽的幼木若受到丝毫的伤害,
便会失去价值,在盛年枯萎;
如果让小马驹加鞍驮人载物,
那它们永远也长不成骏骥骖骓。 420

"你捏疼我的手了,让我俩分手吧,
快停止这种无聊透顶的胡扯瞎沓;
请解除你对我这铁石心肠的围困,
因为它不会屈服于爱的威迫利诱。
请收回你的誓言、奉承和虚假眼泪, 425
因为此心如铁,它们打不开缺口。"

"你居然会说话？你居然有舌头？
真希望你是哑巴，或者我耳聋！
你美人鱼般的声音更把我伤害，
我心早有重负，如今更沉重；　　　　　430
因天籁神曲中也会有低哑之声，
美妙的音乐悦耳却令心儿悲痛。

"要是我没有眼睛，只有耳朵，
耳朵会爱你不可见的内在之美；
要是我耳朵聋聩，你外在的美貌　　　435
会使我其他器官的感觉更敏锐；
要是我既无眼可视，也无耳可闻，
单凭摸摸你我也会往情网里坠。

"要是连我的触觉也抛弃了我，
我不能看，不能听，也不能触摸，　　440
除嗅觉之外我已经一无所有，
我对你的一片痴情也不会减弱，
因为你美艳绝伦的脸上流香溢露，
单凭嗅觉就足以使人燃起爱火。

"但既然你如此款待这四种感官，　　445
那对于味觉你该是多美的盛宴！
难道它们不希望此宴天长地久，

不派多疑的'谨慎'锁门把关,
以免'嫉妒',那乖戾的不速之客,
会偷偷摸摸溜进来在席间捣乱?" 450

两片犹如朱门的红唇再次开启,
为他的话语让出一条甜蜜的通道,
就像红霞满天的拂晓往往会预示
大海上的灾难、陆地上的风暴、
林中鸟的悲哀、牧童的苦恼、 455
牧群和牧人都要遭遇的飓风狂飙。

她及时注意到了这不祥之兆:
恰如暴雨将至之前的风停树静,
好似野狼嗥叫前的龇牙咧嘴,
又像浆果冒浆之前的壳绽皮分, 460
或像是就要出膛的致命子弹,
他话未出口,意图已令她惊心。

她一看他的神色便跌倒地上,
因神色能使爱复活,也使爱死亡;
微笑可治愈皱眉造成的伤痛。 465
幸运的破产者会因爱而重新兴旺!
那天真的少年以为她玉殒香消,
忙拍她苍白的脸,直到脸泛红光。

慌乱中他完全忘了自己的初衷，
因为他本来是想把她痛斥一顿， 470
狡黠的爱神躲过了这顿痛斥，
急中生智反倒使她交上了好运！
因为她躺在草地上像死去一般，
直到他的气息重新赋予她生命。

他捏捏她的鼻子，拍拍她的脸庞， 475
弯弯她的手指，探探她的脉搏，
然后又揉嘴唇，想尽千方百计
要弥补他因狠心而闯下的大祸，
他轻轻吻她，而依她的心意，
只要他亲吻不停她就不想复活。 480

此时悲哀的夜晚已变成了白天，
她慢慢睁开了她碧蓝的双眼，
像灿烂的朝阳披着鲜艳的新装，
使清晨感到欣慰，使人间安然，
正如朝阳使天空显得更绚丽， 485
她的眼睛使她的脸显得更娇艳。

她的目光凝视着他光洁的脸庞，
仿佛她双目是从他脸上借得华光。
要不是他那对眸子被愁眉遮暗，

这四盏明灯绝不会混淆其光芒；　　　　490
不过她的眼睛蒙着晶莹的泪花，
看上去就像夜晚水中的月亮。

她问："我在哪儿，地下或天上？
是在烈火之中，还是浸泡在汪洋？
现在是何时？是清晨还是黄昏？　　　　495
我是想活下去还是渴求死亡？
刚才我活着，却感到死的痛苦，
接着又死去，却尝到活的欢畅。

"你曾让我死，请再让我殒命！
你狠毒的心一直在教唆你的眼睛，　　　500
教它们对我不屑一顾，睨而视之，
结果它们杀害了我可怜的心，
而我这对真正指引心灵的眸子，
若非你嘴唇仁慈也会死于非命。

"既有如此神效，愿它们长久相吻！　　　505
愿它们嫣红的色泽永不消退！
愿它们的鲜嫩和芳香经久不衰，
以便在祸祟之年驱瘟神疠鬼！"①

---

① 诗人在此把阿多尼的嘴唇比作消毒用的香草。在伊丽莎白时代，人们习惯把芸香或其他香草撒在室内以防止传染瘟疫。

以至预卜死亡的星象家们会说
这场瘟疫①是被你的气息屏退。　　　510

"你的芳唇在我柔唇上留下甜吻,
为此吻长留我得签什么样的协定?
我可以心甘情愿地把自己卖掉,
这样你就可出个好价把交易做成,
成交之后你若担心出什么差错,　　　515
盖你的私印于我唇上以验明此身。

"一千个热吻即可买下我的芳心,
你可以在闲暇时支付,一吻接一吻。
一千个吻对你来说算得了什么?
难道不是很快能数完,很快付清?　　　520
假定你逾期未付,欠债应该加倍,
难道这麻烦不就是区区两千热吻?"

"美丽的爱神哟,你若真爱我,
请把我的冷淡归因于我年幼,
在我成熟之前别试图与我交欢,　　　525
绝没有渔夫能忍心对鱼秧下手,

---

① 指1592年4月至1594年春天流行于伦敦的那场瘟疫,莎学家们把这两行诗作为确定《维纳斯与阿多尼》创作年代的一条线索。

枝头的青梅成熟后自然会落下,
若不待成熟就摘,吃起来会涩口。

"你瞧人间的安慰者①已人困马倦,
他白昼灼热的行程已结束在西天;　　　530
夜的预报者鸱鸺在尖叫,天色已晚;
鸟儿已经投林,羊群也已经归圈,
而遮暗了上天光明的片片乌云
正在敦促咱俩分手,快互道晚安。

"现在让我道晚安,你也说再见;　　　535
你若说出这两个字将得到一吻。"
"再见。"她说,而不待他道晚安,
为分手许下的甜蜜诺言已被履行;
因为她亲热地伸手搂住他的脖子,
这下他俩脸贴脸似乎成了一人。　　　540

他直到喘不过气来才挣脱身子,
收回甜蜜的红唇和潮润的香气,
她饥渴的嘴唇虽已饱尝鲜味,
但却抱怨说它们仍然又渴又饥;
他因吻多而腻,她却因吻少而晕,　　　545

---

① "人间的安慰者"指太阳。参阅本诗第 483—484 行。

结果双双倒地,嘴唇又吻在一起。

贪婪的欲望已捕到柔顺的猎物,
她已尽情酣食痛饮,但仍不知足,
她的唇已征服,他的唇已屈从,
她想要多少赎金他都会如数支付;　　　　550
可贪得无厌的爱神却漫天要价,
想一口吸干他嘴唇这座宝库。

既然已尝到猎物鲜美的滋味,
她便开始更加疯狂地攫香掠美;
她热血沸腾,脸上冒着热气,　　　　555
孟浪的情欲令她更加胆大妄为,
怕什么超常越轨,违情悖理,
寡廉鲜耻名誉扫地她全不理会。

他被她搂得脸红身热,目眩头晕,
像被人驯养的野鸟变得温顺,　　　　560
或像头小鹿被人追得精疲力竭,
或像执拗的孩子因哄慰而安静,
他现在已服服帖帖,不再挣扎,
她尽其所能地掠取,仍难以尽兴。

蜡冻得再硬,加热后也会变软,　　　　565

31

最终会随着轻轻揉搓而变幻。
山穷水尽时铤而走险常获成功,
情场上更是如此,无须谁授权;
欲望不像懦夫那样缺乏勇气,
对手越难制服它追求得越欢。　　　570

当初若是见他皱眉就畏缩不前,
她就难饮他唇上的玉液琼浆。
疾言厉色吓不倒真正的恋人,
玫瑰终被摘,它有刺又有何妨?
美即使被二十把大锁牢牢锁定,　　575
爱最终也会破门而入把它品尝。

可惜现在她不能再把他强留,
因可怜的少年哀求说他应该返程。
于是她决定不再强留他在身边,
便与他告别,嘱咐他看好她的心,　　580
她凭着丘比特的神弓诅咒发誓,
说她的心从此就在他心中囚禁。

"可爱的少年,"她说,"今宵多苦!
相思之情会让我通宵难以闭目。
爱的主宰哟,咱俩明天能否再见?　　585
能否?能否?你能否与我再相晤?"

他对她说不能,他已经另有安排,
明天他要和朋友一道去猎野猪。

"野猪?"她闻此言顿时面如死灰,
仿佛娇红的玫瑰被一块白纱遮挡, 590
他的话令她不寒而栗,浑身发抖,
她又伸手紧紧搂住他的颈项。
她头一晕,双臂仍搂着他的脖子,
结果她仰面倒地,他扑在她身上。

这下她倒是真进了爱的比武场, 595
她的骑士已上马要进行一场较量;
谁知她的感觉是一场虚幻春梦,
他无意驭驾她,尽管骑在她身上,
她的痛苦比坦塔罗斯① 的还更难忍,
因为她拥抱着福地却得不到欢畅。 600

像可怜的小鸟被画中葡萄欺哄,
虽说饱了眼福,却腹中空空,②
她就这样在焦思中饥渴难耐,

---

① 据希腊神话传说,坦塔罗斯乃宙斯之子,他因触怒众神而被罚入地狱受饥渴之苦,他身子浸在水中,头顶上悬着鲜果,但他欲饮水则水退,欲食果则果离。
② 据传古希腊画家宙克西斯(Zeuxis)画技高超,所绘葡萄曾引来群鸟争食。

像可怜的鸟儿望着鲜果在画中。
她发现他缺少热烈的柔情蜜意，   605
便想用更多亲吻使他春心萌动。

她尝试了所能尝试的各种手段，
可结果还是竹篮打水，终归枉然。
她的哀求本来值得更大的报偿，
可恋爱中的爱神却得不到爱恋。   610
"呸，"他说，"快松手让我离去，
你没有理由对我这样胡搅蛮缠。"

"你若不告诉我你要去猎野猪，
可爱的少年哟，我早就让你走掉。
但现在请听我说，你也许不知   615
用标枪去扎野猪有多么糟糕，
它一直在磨从来不收起的尖牙，
就像凶残的屠夫总在霍霍磨刀。

"它的拱背上有粗鬃排兵列阵，
历来就令它的对手胆战心惊，   620
它发起怒来眼睛就像闪闪萤火，
它的嘴四处乱拱像在掘墓挖坟；
它一旦被惹恼就会横冲直闯，
而谁碰上它的弯牙谁就会丧命。

"它健壮的两肋也有厚厚粗鬃，　　　　625
像坚实的铠甲能挡住你的长矛；
它又粗又短的脖子不易受伤害；
暴躁时它连狮子也敢去侵扰。
密密的荆丛和灌木林都很怕它，
一见它就让路，任它横行霸道。　　　630

"唉，它才不会珍惜你的美貌，
虽爱神的眼睛向你的美频频献媚；
它不会爱你的玉手、芳唇和明眸，
虽它们令世人赞叹，有口皆碑；
多可怕呀！只要它一有机会，　　　635
就会像毁草地一样毁掉这些美。

"哦，让它就待在它肮脏的猪窝！
美与这样的恶魔没有丝毫瓜葛。
千万别随意进入它危险的领地，
听朋友的忠告往往能消灾避祸。　　　640
实不相瞒，刚才你说到野猪，
我为你担惊受怕，吓得直哆嗦。

"难道你刚才没看到我面如死灰？
没看出我眼里透出的畏惧惊恐？
我难道不曾晕厥？不曾倒在地上？　　645

35

此刻你依在我怀里，可这胸中
不祥的预兆令我不安，令我心惊，
使胸脯像在地震，使你上下簸动。

"因为哪儿有爱，哪儿就有忧虑，
而忧虑常把自己称为爱的卫士，　　　　　650
它每每误发警报，误称有骚扰，
在平安无事的时候也高喊'杀敌'，
往往令情深意浓的爱也减低欲望，
像疾风冷雨一般把烈火灭熄。

"这乖张的密探，好战的奸细，　　　　　655
这吞噬爱情幼芽的可恨的蛀虫，
这无事生非、兴风作浪的忧虑
虽有时失误，有时也把真情传送，
它叩击我心扉，在我耳边低语，
说我若爱你就得为你忧心忡忡；　　　　660

"不仅如此，它还在我的眼前
呈现出一幅野猪逞凶的画面，
在它锋利的尖牙下有一具躯体，
那具酷似你的躯体血迹斑斑，
鲜血浸透了他身旁的朵朵娇花，　　　　665
使花儿纷纷弯腰低头为之悲叹。

"要真看见你那样,我该怎么办?
现在只想到那画面我都在发抖。
这念头使我脆弱的心在流血,
恐惧教会我的心能预感兆头征候;   670
因此我预言你明天若去猎野猪,
你会死于非命,我将终生哀愁。

"若你非要去狩猎,请听我劝告,
你只能放猎犬去追胆小的野兔,
或是去猎杀凭狡猾过日子的狐狸,   675
或是把见人就躲闪的小鹿追逐;
总之你只能骑着骏马,跟着猎犬,
在开阔地带追猎这些弱小动物。

"当你追赶半瞎眼的野兔之时,
要留心看那小东西为逃脱灾难,   680
会如何追风逐日地全速飞奔,
会怎样机敏诡诈地东躲西闪,
它钻进钻出的那些树篱空隙
会像一座迷宫令追兵眼花缭乱。

"有时候它会混身于羊群之中,   685
叫老练的猎犬也闻不出气味;
而有时候它会藏进穴兔的洞里,

让咆哮不已的猎犬止住狂吠；
有时候它还会与鹿群相依相伴：
敏捷出自应急，妙计生于临危。 690

"因为这样各种气味就相互混淆，
凭嗅觉追踪的猎犬会心生狐疑，
它们会停止狂叫而仔细分辨，
直到从各种气味中辨出那气息。
然后它们的吠声又会直冲云霄， 695
好像另一场追猎正进行在天宇。

"此时远处小山上可怜的野兔
会用后腿支起身子，竖耳倾听，
听它的敌人是否还在紧追不舍。
而不久后它就会听到追杀的声音， 700
这下它心中之悲苦真难以比拟，
恰似病入膏肓者听见丧钟幽鸣。

"这时你可见那浑身沾露的野兔，
东拐西弯，横跌竖撞，左冲右突。
居心不良的荆棘都来缠它的酸腿， 705
森森阴影沙沙风声都令它却步，
因坍塌之墙常会被众人踩踏，
倒霉背运者也很少有人肯相助。

38

"请少安毋躁,听我再说两句,
别使劲挣扎,我不会让你站起。　　　　710
为了让你对追猎野猪深恶痛绝,
我一反常态对你大讲寓言玄机,
以此事述彼理,再如此这般,
因爱能阐释每一种灾殃祸事。

"我刚才说到哪儿?""这没关系,　　　　715
你放我走就算你已经讲完故事;
现在已夜深人静。""那又怎样?"
少年回答:"我的朋友正盼我回去,
可天这么黑,我走路恐怕要摔跤。"
她说:"爱情在黑暗里看得最清晰。①　　720

"但要是你真摔倒,请你这样想:
是爱你的大地把你的双足挽留,
让你摔跤不过是为了亲你一亲;
奇珍异宝会让君子也变成小偷;
因此腼腆的狄安娜才用乌云遮脸,　　　725

---

① 马洛(Christopher Marlowe,1564—1593)有诗云"黑夜是丘比特的白天(Dark night is Cupid's day)"。

唯恐因偷吻你一下而背誓丢丑。①

"现在我看出了今宵黢黑的原委：
是月神狄安娜因害羞而自掩了银辉，
为了让从天上盗走神模的'造化'
因仿造神形而被宣告犯叛逆之罪。　　　　730
是'造化'违抗天命用神模造你，
白天叫太阳脸红，夜晚令月亮羞愧。

"因此月神便买通了命运女神，
要糟践'造化'造美的精湛技艺，
她们往美中掺入各种缺陷瑕玷，　　　　735
让纤尘不染的美变得瑜中有疵，
从而使美容易受到伤害摧残，
被疯狂的灾难和数不清的疫疠：

"如可怕的热病、疟疾和昏晕，
荼毒众生的鼠疫和癫狂的癔病，　　　　740
还有吸精竭髓、耗损元气的痨瘵，
染此病者会因血热而耗神伤身；

---

① 据神话传说，狄安娜不仅是月神、猎神，还是发誓要守身如玉的处女神，她唯一的一次有失检点就是曾悄悄爱上美少年恩底弥翁（Endymion），并趁他熟睡时偷偷吻他。

至于恶心、脓疮、忧郁和绝望
　　也都诅咒给你美的'造化'短命。

　　"而这些病症疾患中最轻的一种　　　　　　745
　　也可在片刻的侵袭中把美摧毁；
　　刚刚还叫公正的观者击赏的风姿，
　　适才还令无私的旁人惊叹的妩媚，
　　转眼间就春残花落，红消香断，
　　像骄阳融化的山间雪一去不回。　　　　　750

　　"所以不要管那不结果实的贞操，
　　不要学维斯塔贞女和自爱的修女，①
　　她们只会让这个世界人丁稀少，
　　变滚滚红尘为缺童少孺的荒地；
　　请慷慨一点吧！夜里辉煌的明灯　　　　　755
　　都是靠燃尽灯油才把光给予人世。

　　"若你不想把后嗣毁在幽冥之中，
　　依照时序天道你一定得有儿女，

------

　　① 维斯塔乃罗马神话中的女灶神，维斯塔贞女是侍奉维斯塔神庙的女祭司，她们自幼从豪门望族中被选入神庙，侍奉灶神 5—30 年不等，其间必须遵守誓言保持贞节，否则将被活埋；另，西方的修女侍奉上帝是为了让自己的灵魂得到拯救，故曰"自爱"。

可眼下你的身躯不就是一座坟墓,
张着大口似乎要埋葬你的后裔? 760
若果真如此,世人将要对你轻蔑,
因为你的骄傲把美好的希望窒息。

"这样你就等于是毁掉自己,
其恶大于血腥野蛮的手足相争,
大于绝望者用绝望之手自戕, 765
或凶残的父亲剥夺儿子的生命。
斑斑锈垢会腐蚀被埋藏的财宝,
而加以利用的黄金可再生黄金。"①

"好啦,"阿多尼说,"到此为止,
不要再唠叨你陈腐无聊的话题。 770
我刚才给你的一吻就算是白搭,
可你要逆水行舟也枉费心机,
因为在这滋养情欲的漆黑之夜,
你的话使我对你越来越生厌腻。

"即使爱情借给你两万条舌头, 775

---

① 以上两行暗引《圣经·新约·马太福音》第25章第14—30节中耶稣所讲的一则寓言;在该寓言中,主人把钱财分给三名仆人,其中二人用钱赚钱受到奖赏,另一人因把钱埋入地下不加利用而受到惩罚。

而且条条都比你自己的舌头灵巧,
言甜语蜜就像是美人鱼的歌声,①
这歌声对我的耳朵也完全无效;
因为我武装的意志守卫着耳朵,
绝不容淫声浪语溜进我心窍。　　　　　　780

"以免那种诱惑人的靡靡之音
会飘进我风平浪静的内心深处,
让我幼小的心灵动荡不安,
再不能安然居于幽谧的小屋。
不,女神哟,我的心不想呻吟,　　　　　785
它只想安眠,像现在这样蛰伏。

"你所说的哪一点我不能驳斥?
把人诱向危险的路条条都是坦途。
我不讨厌爱,但厌恶你的爱法,
那实际上是水性杨花,人尽可夫。　　　790
做爱是为了繁衍?多稀罕的理由!
这理由其实是宣淫纵欲的鸨母。

"别称这为爱,因爱已逃往天上。

---

① 本行和第 429 行中的"美人鱼"均指塞壬,用歌声诱惑航海者的海妖塞壬通常被艺术家绘成半人半鸟状,但偶尔也被绘成半人半鱼状。

自从淫在这世间篡夺了爱的名分，
淫披着爱的纯洁外衣把美吞噬， 795
却让爱代为受过，玷污爱的名声；
那淫荡的暴君损害爱的名声，
就像是毛虫慢慢蚕食幼芽嫩茎。

"爱好比雨后阳光使人欣慰，
淫则是晴日后的风雨令人沮丧； 800
爱之和煦春天岁岁季季常留，
淫之严冬不待夏尽就匆匆临降；
爱总适可而止，淫会因贪而亡，
爱永远讲真话，淫则总是撒谎。

"我还能再说，可我不敢多讲， 805
这话题太古老，而言者却太年少，
所以我现在是真要离你而去；
我此时还满脸羞愧，满腹懊恼，
我这双奉陪你艳词淫句的耳朵
此时还在为受到的冒犯而发烧。" 810

说到此他奋力从她怀中挣脱，
甩开玉臂的拥抱、酥胸的纠缠，
迈开步子穿过幽林朝家飞奔，
让爱神独自躺在林中深深悲叹。

44

像一颗明亮的流星划过夜空,　　　　　815
他就那样滑离爱神的视线。

她两眼凝望着他离去的身影,
像岸上人目送乘船离去的朋友,
一直望到巨浪洪波吞没帆影,
只剩远方云浪相接,水天悠悠;　　　820
无情黑夜就像那些洪波巨浪
把她默默凝视的那个身影卷走。

她怅然若失就仿佛一不当心
把一件贵重的珠宝掉进了海里;
她惊恐不安就像是夜间行路,　　　825
走进陌生的森林时火把被吹熄;
她就这般凄惶地躺在黑暗之中,
因为她失去了为她引路的火炬。

她捶自己的胸口,于是心呻吟,
周围的山洞似乎也感到不安,　　　830
幽洞深岫发出一阵阵的回声,
重复着她凄凄切切的呻吟悲叹:
"唉!"她叹息,无数幽洞应和,
于是"唉唉"之叹息回荡不散。

听着回声她用一种悲哀的曲调　　　　　　835
唱出一支令人伤感的小曲：
爱如何令青年着迷，老人昏愦，
爱如何让聪明一世者糊涂一时。
她忧伤的歌声依然以叹息结尾，
回声合唱队依然也连连叹息。　　　　　　840

她用绵绵歌声打发那漫漫长夜，
虽说情人恨夜短，夜其实很长；
情人自家快活就以为别人也喜欢
花前月下、卿卿我我、窃玉偷香。
他们往往爱讲没完没了的故事，　　　　　845
可故事还没讲完听者早不知去向。

因为除了那些应声虫般的回声，
还有谁伴她度过这漫漫长夜？
回声就像一叫就应的酒店伙计，
对再任性的顾客也会奉承巴结，　　　　　850
她说是，回声就说的确如此，
她说非，回声就说的确不是。

看哟，厌倦了睡眠的云雀
从沾露的窝巢振翮高高飞翔，
它唤醒黎明，而从黎明的怀中　　　　　　855

冉冉升起高贵而庄重的太阳,
太阳用灼灼目光俯瞰这个世界,
使树梢山顶都染上灿灿金光。

爱神因这朗朗之晨向太阳致意:
"哦,光明之神,光明的庇护者,　　　　　860
世上每盏明灯,天上每颗星星
从来都是借你的光芒使之增色,
如今有个凡尘母亲所生的孩子①
可以借给你光,如你通常所做。"

说完她忙冲向一片桃金娘树丛,　　　　　865
心中纳闷为何清晨早已来临,
而她却没听见她心上人的音信。
她侧耳想听见犬吠和号角声声,
随即她果真听见了猎犬狂吠,
于是她朝着犬吠之处急速飞奔。　　　　　870

当她飞奔时有荆棘灌丛挡路,
有的抓她的颈,有的吻她的脸,
有的缠住她双腿要叫她留步。
但她疯狂地挣脱了它们的纠缠:

---

① 参见本诗第204行注释。

像一头哺乳期奶头发胀的母鹿 875
急着赶回藏树丛后的小鹿身边。

此时她听出那些猎犬面临强敌,
她就像忽遇毒蛇,胆战心惊;
盘蜷着身子横挡住去路的毒蛇
会令人浑身发抖,战战兢兢; 880
猎犬胆怯的汪汪声就是这样
令她禁不住直哆嗦,令她惊魂。

她现在知道那绝非是弱小动物,
而是凶猛残暴的熊、狮或野猪,
因为嘶叫声一直停留在一个地方, 885
猎犬惊恐的吠声也来自该处;
肯定是猎犬发现对手那么凶猛,
便都互相推让,不争先去角逐。

这不祥的吠声在她耳边悲鸣,
并钻进耳朵使她内心惶惶不定, 890
疑惑与恐惧把她的心征服,
使四肢麻木,所有感官都失灵;
就像士兵们一旦看见主帅阵亡,
便望风而逃,再也不敢恋阵。

48

她就这样浑身发抖,神情恍惚, 895
直到惊呆的感官都重新恢复,
她告诉自己这般惊恐毫无来由,
无端惊恐是孩子常犯的错误;
她叫自己别再发抖,别再害怕,
话音未落她就瞥见了那头野猪。 900

它白沫四溢的嘴被染得通红,
像是牛奶与鲜血混淆模糊,
恐惧再一次袭上她的全身,
催她快跑却不知跑往何处;
她忽而朝前冲,忽而止步, 905
忽而又折回责骂行凶的野猪。

一千种冲动驱她奔向千条道路,
她在一千条道路上来去匆匆;
心急火燎反令她欲速则不达,
慌慌张张就像醉汉酒鬼的举动, 910
有许多打算,但都未仔细考虑,
疲于奔命,但没有一事成功。

她发现一只猎犬缩在灌木丛中,
便向那可怜家伙要它的主人,
接着她看到另一只正在舔伤口, 915

治毒牙咬伤只有这种方法最灵,
随之她遇见第三只正垂头丧气,
朝它问话它只报以哀鸣声声。

这一只刚刚停住它刺耳的哀鸣,
另一只耷拉着嘴唇的丑陋的黑狗　　　　920
又对着寥寥苍昊发出凄厉叫声,
接着一只只猎犬回应,其声悲忧,
平日里骄傲的尾巴都拖在地上,
受伤的耳朵不住摇晃,鲜血直流。

就好像尘世间可怜的芸芸众生　　　　925
一见到奇幻异象就胆战心惊,
总会用恐惧的目光久久凝视,
将其解释成可怕的凶兆恶征;
她面对此景也倒抽了一口凉气,
随之喟然长叹,开始咒骂死神:　　　　930

"你这丑陋不堪、瘦骨嶙峋的暴君,
你这拆散鸾凤的可憎可恨的死神,
你这狰狞的魔鬼,人世间的蛆虫,
你为何扼杀美艳,盗走他的生命?
他活着的气息使紫罗兰更芬芳,　　　　935
他活着的美艳使玫瑰花更动人。

"他若是死去——哦,这不可能,
你要是看见他有多美就不会忍心;
但这也可能,因为你有眼无珠,
不过是心怀恶意地乱砍乱割一阵。　　940
你的目标本是衰老,但你的镰刀
却错过目标劈开了一位少年的心。

"你若曾叫他当心,他就会答话,
而他一开口你的威力就会融化。
命运女神会因这一刀而把你诅咒,　　945
本叫你刈除衰草,你却割了娇花。
本来应是爱神的金箭向他射去,
而不该是死神的镰刀把他砍杀。

"莫非你想喝泪,惹我这样痛哭?
不然这种痛哭对你有什么好处?　　950
你为什么要让那双眼睛永远闭上,
那双眼睛曾教所有眼睛放眼纵目?
如今'造化'不再怕你毁灭的力量,
因她最美的杰作已毁于你的严酷。"

说到此她被绝望压倒,悲不自胜,　　955
她垂下眼睑就像关上两道闸门,
要堵住那道飞流直下的晶莹泪泉,

不让它从美丽的脸腮流向胸襟；
可泪泉如雨不断冲击关闭的水闸，
以势不可挡之力又冲开了闸门。　　　960

哦，她的眼睛和泪水交相辉映，
泪中眸子晶莹，眼中泪花剔透，
相互映出各自深含的悲愁哀戚，
映出叹息想止住的哀戚悲愁；
但就像风雨交加之日忽风忽雨，　　965
叹息刚吹干脸腮，悲泪又长流。

不尽哀伤唤起她心中的百忧千愁，
都争着要充当最忧最愁的伤悲，
她心容千愁百忧，忧愁各施淫威，
似乎每一种都可令她五内俱毁，　　970
发现难分高低，它们便沆瀣一气，
像片片酝酿暴风雨的乌云聚汇。

此时她听见远方有猎人呼猎犬。
她比婴儿听见摇篮曲还更高兴，
心中那些可怕的想象和疑惧　　　975
被这希望之声驱除得干干净净，
重新燃起的希望令她欣喜若狂，
使她以为那就是阿多尼的声音。

于是她汹涌的泪水开始退潮，
囿于眼中像珍珠贮在玻璃瓶里， 980
不过偶尔会有一滴夺眶而出，
但脸将其融化，仿佛不准它去
洗涤大地那张脸庞上的污渍，
因大地只湿透，而她几乎淹死。

不可思议的爱哟，真不可思议！ 985
忽而疑神疑鬼，忽而见风是雨！
要么悲痛欲绝，要么欣喜若狂，
绝望与希望使你显得荒唐滑稽；
希望用"未必会"使你高兴，
绝望用"可能会"令你悲戚。 990

她开始把自己结的疙瘩解开：
阿多尼活着死神就不该被责怪。
她说死神罪大恶极并非本意，
现在她替那可憎之名贴金敷彩：
称他为坟墓之王、王之坟墓、 995
世间芸芸众生至高无上的主宰。

"可爱的死神，我刚才只是戏言，
但仍然请你原谅，当时我太担心，
以为我已遇上那头残暴的野猪——

那个从不知怜悯为何物的畜生； 1000
所以温柔的死荫①哟，实话实说，
我骂你是因为我怕我爱人已丧命。

"这不能怪我，是野猪叫我瞎说，
无形的主宰哟，请你朝它发火；
正是那卑鄙的畜生对你诬蔑诽谤， 1005
我只是被唆使，它才是教唆者。
悲哀有两条舌头，任何一个女人
若无过人之智慧都难以将其羁勒。"

这般希望阿多尼还活在世上，
她过分仓促的疑惧被一扫而光， 1010
因为想让他的美能天长地久，
她竟然低三下四地为死神捧场，
与他谈起纪念碑、雕像与陵墓，
还谈起他的胜利、凯旋和辉煌。

"哦，朱庇特，你看我有多傻， 1015
居然有如此迟钝而愚蠢的脑瓜，

---

① "死荫"原文 shadow 出自《圣经·旧约·诗篇》第 23 篇第 4 节：...though I walk through the valley of the *shadow* of death, I will fear no evil: for thou art with me（虽然我穿行于死荫之幽谷，但我不怕罹祸，因为你与我同在）。

竟为活人哭丧,而他不可能死,
除非这世间万物皆成流水落花!
因为他一旦夭亡,美将随他而去,
而美一旦消亡天地又会混沌无涯。 1020

"唉,盲目的爱哟,你充满疑惧,
像腰缠万贯者担心周围的小偷;
并非亲眼所见亲耳所闻的琐事
也会令你懦怯的心因玄想而哀愁。"
说到此她忽然听见了欢快的号角, 1025
她一跃而起,忘了刚才的悲忧。

像猎鹰扑向诱物①,她飞身向前,
轻盈的脚步连小草也没踏弯,
可在飞奔的途中她不幸看到
她心上人被野猪咬得血迹斑斑, 1030
此情此景使她双目突然失明,
仿佛自惭形秽的星星躲避白天,

或像柔嫩的触角被碰击的蜗牛
急忙缩回壳中,强忍着疼痛,
屏住气息蜷伏在黑洞洞的壳里, 1035

---

① 诱物(lure)指表面贴有羽毛、形同禽鸟的生肉块,猎人以此来召回猎鹰。

过了好久都还不敢往前爬动;
她的眼睛一见那血淋淋的场面,
就这样躲进了幽深的眼窝之中,

在那儿它们向不安的大脑辞职,
要放弃自己的分内工作和光明, 1040
大脑叫它们陪着丑陋的黑夜,
别再用外面的景象来伤害心灵,
心灵则像个坐立不安的君王,
因眼睛的刺激而发出一声呻吟。

其他部位器官都随之不寒而栗, 1045
仿佛是囿于大地深处的狂飙
为争夺出路而引起地动山摇,①
其恐怖之景象使人心惊肉跳。
这场骚乱令全身各处如此惊吓,
以致眼光又从黑暗的眼窝闪耀。 1050

两眼一睁开便把不情愿的目光
投向被野猪撕开的宽宽伤口,
伤口在他百合花般柔嫩的腰间,
雪白的腰如今已被鲜血染透。

---

① 以上两行之描写是伊丽莎白时代人们对地震的解释。

他身旁的山花野草、青枝绿叶,　　　　　1055
无不被血染,似乎也殷血长流。

可怜的爱神目睹这肃穆的悼念,
情不自禁地把头耷拉在肩上,
她默默地强忍悲痛,神癫意迷,
竟以为他不会死,没有夭亡;　　　　　　1060
她嗓子忘了发音,关节忘了动,
她一直在流泪的眼睛变得痴狂。

她是那么专注地察看他的伤口,
以致眼花把一处伤看成三处,①
于是她责备自己眼花缭乱,　　　　　　　1065
在没有受伤的地方把伤口多数。
可他的脸也成对,肢体也成双,
因心乱时眼睛往往看碧成朱。

"他一人死去我已难述哀伤,
可眼前分明有两个阿多尼身亡!　　　　　1070
我的悲叹已尽,我的咸泪已干,
我的心底铅重,我的眼中火旺。

---

① 比较《亨利六世下篇》第 2 幕第 1 场第 25 行:"是我眼花了吗,我怎么看见有三个太阳?"(Dazzle mine eyes, or do I see three suns?)

心之铅哟，请在眼之火中熔化，
这样我就能死于热望的滴淌。

"可怜的人世哟，你失去了瑰宝！　　　1075
如今还有何值得凝眸的花容月貌？
还有谁的嗓音称得上飞泉鸣玉？
无论过去将来你还有什么可夸耀？
花儿固然可爱，固然娇嫩艳丽，
可真正的美已随他一起玉殒香消。　　1080

"从今以后无人需要戴帽披纱！
因为丽日清风不会再试图吻你；
既然无美可失，就无须害怕
太阳把你嘲笑，清风对你鄙视。
可当阿多尼活着时，丽日清风　　　　1085
就像潜伏的盗贼要掠他的美丽。

"所以那时他总是戴着便帽，
而炫丽的太阳偏从帽檐下窥视，
清风也老爱把他的帽子吹掉，
拨弄他的秀发，弄得他哭鼻子，　　　1090
于是清风丽日马上可怜他年幼，
又争着看谁先替他擦干泪迹。
"狮子为一睹芳颜而把他尾随，

躲在树篱后偷看,因为怕他受惊。
当他为消遣娱乐而放开歌喉, 1095
猛虎也会变得温顺并侧耳倾听;
狼一听见他说话就会丢开猎物,
而且那天绝不会再去惊扰羊群。

"他若伫立溪边看自己的身影,
鱼儿会展开金鳃追逐他的影子; 1100
他若经过树林鸟儿会欢呼雀跃,
有的为他唱歌,有的忙着献礼,
为他衔来桑葚和红红的樱桃,
他飨鸟儿以美,鸟儿报以果实。

"可这头肮脏丑陋的尖嘴野猪, 1105
它朝下看的眼睛总在寻找坟墓,
它绝没看见他美丽的容貌身姿——
它所作所为便是证明,明白无误。
要是它看见了他的脸,那我深信
它是想去吻他才叫他一命呜呼。 1110

"是的,是的,阿多尼就这样被杀:
当他手握利矛偶然撞上那头野猪,
野猪并无意在他身上磨牙砺齿,
而是想用亲吻的方式让他留步;

可多情的野猪用长嘴亲吻他腰时,　　　　　1115
不知不觉将利牙插进了他的腹部。

"我承认要是我也有那样的尖牙,
我可能早就因吻他而叫他丧命,
但他已死去,而令我更不幸的是
他未曾用他的青春赐福我的青春。"　　　　1120
说到此她一头倒在她站立的地方,
她脸上也染上了他的斑斑血痕。

她凝视他的嘴唇,嘴唇已苍白;
她握住他的手掌,手掌已冰凉;
她在他耳边低声讲述她的痛苦,　　　　　1125
仿佛那耳朵还能听她倾吐悲伤;
她掰开遮掩那对眸子的眼睑,
可两盏明灯已熄灭,黯然无光。

她上千次照过自己的那两面明镜
如今已不能再映照出她的身姿,　　　　　1130
那晶亮无比的明镜一旦失去光泽,
所有的美便都失去了美的意义。
"时间的奇观哟①,我伤心的是

---

① "时间的奇观"指阿多尼,参见本诗第13行"造化之奇观"。

白昼居然还明亮,尽管你已死去。

"既然你已死去,那我在此预言: 1135
从今以后忧伤将永远与爱相伴;
嫉妒从此将永远不离爱之左右,
爱会始于甜蜜,但终于苦恼厌烦;
爱之欢乐与痛苦绝不会成比例,
爱之快活永远敌不上爱之悲酸。 1140

"爱将反复无常,充满欺诈,
爱的蓓蕾一绽放就会被摧成残花,
爱将会笑里藏刀,口蜜腹剑,
连最亮的眼睛也难把真伪觉察;
爱将使身强力壮者都变得衰弱, 1145
令智者哑口无言,教白痴说话。

"爱将小气悭吝,奢靡放纵,
爱会教老者起舞,且舞姿雍容;
爱会教猖獗的歹徒循规蹈矩,
让富者变乞丐,让贫者成富翁; 1150
爱将凶猛狂暴,但又温柔软弱,
使青年衰老,让耆叟返老还童。

"爱会在安然无虞时疑神疑鬼,

而在最该忧虑时却高枕无忧;
爱将善良仁慈,但又暴戾恣睢, 1155
它最虚伪时偏偏显得最老实忠厚;
它最乖张时偏偏显得最百依百顺,
它令勇士心虚,叫懦夫胆大如斗。

"它将会引起战争,招灾惹祸,
它将挑起儿子与父亲之间的不和, 1160
它将轻而易举地导致牢骚不满,
像枯草干柴容易引起熊熊大火。
既然死神让我的心上人英年早逝,
那天下痴男怨女将难享爱之欢乐。"

这时躺在她身边的那位少年 1165
像一团云雾在她眼前消散融化,
而从他洒在地上的那摊血中
长出了一朵红白相间的小花,①
那雪白就好像他那张苍白的脸,
那鲜红恰似他的鲜血滴滴抛洒。 1170

她低头去闻那朵花儿的芳香,

---

① 据神话传说和奥维德《变形记》记述,阿多尼变成的花名叫银莲花(anemone),俗称风花(windflower)。

把那种芳香当作阿多尼的气息;
她说既然死亡把他与她分开,
她将让那朵小花开在她心底。
她摘下小花,花茎头流下绿汁, 1175
她把这晶莹的绿汁当成是泪滴。

她说:"可怜的花哟,芳香之子,
这就是你生身父亲一贯的稚气,
为一点儿烦忧就会悲泪长流;
他的愿望就是完全长成为自己, 1180
而你也是这样,但你应该知道
萎在我怀中就是浸在他的血里。

"这是你父亲的卧榻,在我怀中,
你是他的后代,所以有权享用。
请你就在这空空的摇篮里安睡, 1185
我这颗心将日日夜夜把摇篮晃动;
从此后我要时时亲吻我爱之花,
年年岁岁,岁岁年年,一刻不停。"

爱神就这样厌倦了茫茫人世,
匆匆套上牵曳香辇的银色鸽子, 1190
银鸽待它们的女主人登上香辇,
便拉着她飞快地穿过空旷天宇,

鸽车朝着帕福斯城^①急速飞奔，
爱神意欲永远在那儿隐迹幽居。

---

① 帕福斯城乃塞浦路斯西南部一古城。据神话传说，维纳斯诞生于大海的浪花之后，最初是被西风吹到那里，故维纳斯又称帕福斯女神。

鲁克丽丝受辱记

敬奉
南安普敦伯爵兼蒂奇菲尔德男爵
亨利·赖奥思利阁下

我对阁下之敬爱绵绵不尽，呈奉此无头断章[①]不足以表其万一。确保拙作蒙接纳者，乃阁下您高贵的天性，而非我粗陋的诗行。我已杀青之作，属于阁下；我该命笔之篇，亦属于阁下。若我诗才更甚，此篇之文采理当愈彰；然今朝今时，只能将拙笔依今样呈献阁下。祝阁下益寿延年，洪福齐天。

阁下忠实的仆人
威廉·莎士比亚

[①] 指《鲁克丽丝受辱记》不是从头开始讲鲁克丽丝的故事。

情节概要[1]

卢修斯·塔奎尼乌斯，即那位因狂傲而被冠以"高傲王"之名的暴君[2]，在残忍谋害其岳父塞维·图里乌、违背罗马法典及惯例、不经人民选举而篡夺王位之后，率诸王子和若干贵族将领前去围攻阿尔代亚[3]。围城期间某夜，罗马众将领聚会于六王子塔奎帐内。晚宴后的闲聊中，众将领各自夸耀自家夫人的贞操，其中科拉丁[4]赞美其妻鲁克丽丝贞洁无比。众人乘兴驰返罗马，以秘密突查之方式验证各自之赞誉是否属实。结果发现唯独科拉丁的妻

---

[1] 此《情节概要》（The Argument）乃原文之一部分，非译者所撰。

[2] 卢修斯·塔奎尼乌斯（Lucius Tarquinius Superbus，？—公元前495），古罗马王政时代第七代王（在位期为公元前534—公元前509），史称"高傲王塔奎尼乌斯"（又译"塔奎尼乌斯·苏佩布"，拉丁名Superbus有"妄自尊大"之义），他杀其岳父（第六代王）而篡位，在位时专制暴虐，横征暴敛，漠视元老院权力，罗马人不堪其苦，将他及其家族逐出罗马，随后开始了罗马共和时代。

[3] 阿尔代亚（Ardea）在罗马城南约37公里处，是古代卢都利人聚居的城镇，后发展为一重要拉丁城邦，因战乱和瘟疫而衰落，现为意大利拉齐奥区一村镇。

[4] 科拉丁（Lucius Tarquinius Collatinus，又译柯拉廷努斯）在推翻暴君塔奎尼乌斯之后，与朱尼厄斯·布鲁图（参见第67页注[2]）联合出任罗马共和国首任执政官，但他也属于塔奎尼乌斯家族，故不久后便在布鲁图和其他贵族的劝说下辞职并迁出罗马。

子在夜深时仍率众侍女纺纱，而其他贵妇都在跳舞狂欢，纵情作乐。于是众将领承认科拉丁获胜，承认其妻无愧于贞洁之名。其时六王子塔奎已对鲁克丽丝的美貌动心，但他暂压欲念，随众人一道回营。不久后他溜出营房，独自前往科拉丁堡①，凭其王子的身份，受到鲁克丽丝的盛情款待，并留宿城堡。他当晚卑鄙地潜入鲁克丽丝的卧房将其奸污，并于翌日凌晨匆匆遁去。鲁克丽丝悲恸欲绝，速遣两名信使分头去罗马和军营，向她父亲和科拉丁报信。二人闻讯而至，分别由朱尼厄斯·布鲁图②和帕布琉斯·瓦勒里乌斯③陪同。他们发现鲁克丽丝身着丧服，便问其缘由。她先请四人立誓为之复仇，然后揭露了罪犯及其罪行，言毕举剑自尽。目睹惨剧的四人一致发誓要推翻不共戴天的塔奎家族。他们送鲁克丽丝的遗体至罗马，布鲁图将凶手及其罪恶行径昭示民众，并强烈谴责国王的暴虐。罗马民众群情激愤，一致赞成并拥护将塔奎家族逐出罗马，罗马遂从由国王统治的王政时代变为由执政官掌权的共和时代。

---

① 科拉丁堡（Collatium，或 Collatia），是古代萨宾人聚居的城镇，罗马城东约 16 公里处尚存其遗迹，该城在公元前便已衰败，罗马学者普林尼（23—79）在《博物志》中已将其称为"拉齐奥消失的城镇之一"（one of the lost cities of Latium）。

② 朱尼厄斯·布鲁图（Lucius Junius Brutus）是推翻塔奎王朝的主要领袖，相传 500 年后密谋刺杀恺撒的那位布鲁图（Marcus Junius Brutus, 公元前 85—公元前 42）与他有血缘关系。

③ 帕布琉斯·瓦勒里乌斯（Publius Valerius，公元前 600—公元前 503）亦是推翻塔奎王朝的领袖之一，科拉丁辞去的执政官一职由他接任。

鲁克丽丝受辱记

离开了正被围攻的阿尔代亚城，
离开了罗马众将领和围城大军，
凭借情欲和淫念虚幻的翅膀，
塔奎正挥鞭策马朝科拉丁堡狂奔。
压抑的欲火像灰烬潜埋在心底，　　5
正伺机用火焰去拥抱鲁克丽丝，
拥抱科拉丁那位美丽贞洁的妻子。

或许正是那被赞誉的"纤尘不染"
不幸使他淫荡的本性走向极端，
都怪科拉丁一时糊涂，轻率出言，　　10
夸她的雪肤凝脂红唇无比美艳，
夸她的粉面桃腮就是他的九霄，
夸她的眼睛灿若星斗煌煌皓皓，
而那皓洁星光只能把他一人照耀。

只怨前个夜晚在塔奎王子的营帐，　　15
他当众显露了他幸福王国的珍藏：

上天竟慷慨地赐予他无价之宝，
让他拥有这风致韵绝的国色天香。
他认为自己的幸运无人比得上，
说君王虽能取得至高无上的声誉，　　　20
但却娶不到这等美艳无双的娇娘。

哎，世间有几多人能尽情享福？
福分一到手便很快变成过眼云雾，
就像清晨那些晶亮如银的露珠
一遇到太阳的金光就化为虚无，　　　25
尚未真正开始，就因期满而结束。
人所拥有的荣誉美貌是如此脆弱，
很难不被形形色色的邪恶玷污。

美自然会吸引男人爱美的目光，
无需用雄辩的言词来为它捧场。　　　30
那么科拉丁又何必向众人解说
他那位娇妻鲁克丽丝美貌无双？
既然这稀世珍宝只归他个人所有，
那他为何不避人耳目，什袭而藏，
反倒让爱偷听的耳朵知其端详？　　　35

也许是他夸鲁克丽丝百媚千娇
才激起这位王子心底的倨傲，

因为心底邪念常来自鬓边耳角。
也许王子就羡慕这奇珍异宝,
居高临下的对比令他妒火中烧:　　　40
微臣末将居然敢这般大出风头,
自夸连主子也没有的机缘运道。

如果以上臆测都不是真正原因,
也肯定有某种非分之念催他疾行;
忘了荣誉、军务、朋友和身份,　　　45
他怀着急切的心情策马飞奔,
一心只想去发泄胸中燃烧的欲情。
轻率的情欲哟,你将陷入悔恨,
树苗早萌会枯萎,不会长大成林!

当虚伪的王子终于来到科拉丁家,　　50
当那位罗马名媛给他以热情欢迎,
美艳与德性便在她脸上交相辉映,
好像在争论该由谁来维护她的名声。
当德性一展露,美艳便羞得绯红,
而当美艳自诩那娇羞红润的容颜,　　55
德性又会用一层银白色将它涂染。

不过美艳以维纳斯的银鸽① 为凭证,

---

① 参见《维纳斯与阿多尼》第 153 行注释。

说那白皙的盾面① 本有权拥有白银。
于是德性声称也拥有美艳的殷红,
而且早把红给了正值妙龄的女人,　　　　60
教她们为银白的盾面镀一抚红金,②
教她们在战斗中使用红白相间的盾,
若遭羞辱进犯,红金应保护白银。③

鲁克丽丝脸上就呈现出这种纹章,
美艳之红和德性之白更迭于脸上,　　　　65
两种颜色都想成为另一种的女王,
都试图证明其权力来自远古洪荒。
但各自怀有的抱负使它俩纷争不已,
而双方又可谓势均力敌,旗鼓相当,
结果便常常轮流在位,交替称王。　　　　70

---

① "白皙的盾面"喻鲁克丽丝的面庞。伊丽莎白时代的诗人常把女性的面庞比作盾面,把女性的容颜比作盾面纹章。如锡德尼(1554—1586)的《爱星者与星》第13首整首都是这种比喻,其中"银盾上的红玫瑰"既喻斯黛娜的粉面桃腮,又喻其家族的纹章图案(银底上加三个红圈)。

② 在伊丽莎白时代,"金色"和"红色"往往被视为同一类颜色,如《约翰王》第2幕第1场"铠甲……被法国人的鲜血染红"句中的"染红"原文为 gilt(见皇家版第 322—323 行,河滨版第 315—316 行),再如《麦克白》第2幕第3场"他银白的皮肤染上了金红的血(His silver skin lac'd with his golden blood)"(见皇家版第 116 行,河滨版第 112 行)。

③ 羞耻心(红)乃女性维护其贞洁(白)的第一本能。

这场百合与玫瑰之间的无声战斗
塔奎王子看在眼里,记在心头。
他奸诈的目光被纯洁的军队封堵,
怕在两军轮番围堵中一命呜呼,
这胆小的俘虏暂且低头表示让步,　　　75
而红白两军也宁愿让它自行开溜,
不愿得意于击退这种虚伪的敌寇。

这时塔奎想起她丈夫的拙舌笨嘴,
从中吐出的颂词不啻是对她的诋毁,
那吝啬的浪子居然那样把美赞颂!　　　80
其贫词拙句难与这崇高的使命相配。
于是心醉神迷的塔奎用他的想象
来弥补科拉丁那挂一漏万的赞美,
直勾勾的目光正沉浸于想入非非。

那位被邪恶目光仰慕的人间圣女　　　85
对这虚伪的仰慕者丝毫没有怀疑,
因为无瑕的心灵很少梦见邪恶,
未曾落网的小鸟对密林从不畏惧。
她那么天真无邪,自然毫无戒心,
他虽心怀鬼胎,却显得彬彬有礼,　　　90
于是这尊贵的客人受到她的礼遇。

他以高贵的身份隐匿其心头诡谲,
用王家尊严掩饰潜于胸中的罪孽,
除他眼中隐约有过分好奇的神情,
无任何迹象可显示他居心叵测。　　　　　95
那双眼睛已饱餐秀色但仍显饥渴。
可怜的富豪哟,永远都不知足,
早已撑肠拄腹,还依然那么饕餮。

但她从不曾见过这种陌生的眼光,
因此看不出那眼神中的意味深长,　　　100
对这种写在书页边的眉批旁注,
她也不解其闪烁其词的深奥比方。①
她不曾吞过诱饵,不知有钓钩秘藏,
只觉他两眼炯炯有神,熠熠闪亮,
却读不出那种眼神中的淫荡轻狂。　　105

他讲起她丈夫在丰饶的意大利原野
赢得的鼎鼎威名,立下的赫赫战功;
他用绚丽的赞词把科拉丁称颂,
说他凭受创的铠甲和武士的英勇
才获得凯旋的花冠,无上的光荣。　　110

---

① 比较《罗密欧与朱丽叶》第1幕第3场(皇家版第62—69行,河滨版第81—88行)。

她禁不住挥舞双手表达心中的喜悦,
并默默感谢天神保佑她丈夫成功。

塔奎王子隐藏了此行的真实缘由,
为他登门造访胡乱编造了一些借口。
他那张灿烂得像无云晴空的脸上　　　115
丝毫没显出暴风雨将来临的征候;
直到恐惧之母——那幽幽夤夜
展开它黑黢黢的大幕把世界笼罩,
用它有穹顶的监狱把白昼拘囚。

饭后他与谦恭的女主人对烛夜话,　　120
海阔天空几乎把整个夜晚打发,
这时候塔奎故作惽状,假装困乏,
于是被送至为他安排的客房卧榻;
值此浓浓睡意与勃勃生机相争之时,
若非为了行窃,或者是担惊受怕,　　125
天下人谁不想一觉睡到满天朝霞?

而塔奎此时却在卧榻上辗转反侧,
设想满足欲望会面临的危险与坎坷;
虽希望之渺茫规劝他放弃冒险,
欲望却极力怂恿他去把猎物俘获;　　130
而希望之渺茫常使欲望更炽热,

尤当要夺的是这样一件稀世宝贝，
纵然可能送命，也甘愿赴汤蹈火。

那些贪得无厌者往往神魂颠倒，
为追求他们尚未拥有的珍宝，　　　　　　　135
每每贪小失大，把家资全都消耗，
结果想要的越多，得到的越少；
或所得多如牛毛，富得流油滴膏，
但却会像暴饮暴食者腹胀难消，
到头来终成金银散尽的破产富豪。　　　　140

芸芸众生都一心只想人生受用，
既要追名逐利，又想长寿善终，
但熊掌和鱼往往都不能兼而得之，
结果或因小失大，或全盘落空：
如追求功名却在疆场上丢掉性命，　　　　145
或舍名逐财，而逐财的代价最重，
到头来鸡飞蛋打，枉做一场春梦。

所以我们若为欲望去冒险投机，
我们就不再是我们所认为的自己；
贪得无厌可谓人类的致命弱点，　　　　　150
使人富贵不知乐业，反痛苦不已；
于是我们每每会忽略我们之所有，

而由于缺乏人生应该有的智慧，
贪多使已经拥有的财富也失去。

糊涂的塔奎此时就非要孤注一掷， 155
为纵淫欲不惜毁掉自己的名声，
或者说非要为了自己而毁掉自己。
人无自信自尊，还指望什么信任？
当他自己把自己抛给无底深渊，
抛给身后的长舌和日后的苦境， 160
难道还指望别人对他有恻隐之心？

现在夜深人静的时刻已悄悄降临，
沉沉睡意早已合上世人的眼睛。
天上没有使人感到慰藉的星光，
地上只有鸱鸮和野狼不祥的叫声， 165
这时候正是它们偷袭羔羊的时辰。
纯洁善良的心灵都已安然入睡，
而欲念和杀气却醒着，伺机害人。

这时欲火中烧的塔奎从床上跃起，
将华丽的斗篷往臂上草草一搭， 170
欲望和担忧使他既兴奋又犹豫，
欲望怂恿他向前，担忧令他害怕，
虽说担忧也一再劝主人悬崖勒马，

但终因受惑于情欲邪恶的魔法,
被欲望打得落花流水,流水落花。 175

他用佩剑剑头轻轻敲一块燧石,
冰冷的燧石飞溅出点点火星,
他随即用火星点燃一根蜡烛,
烛光定会像北极星指引他前行。
他对着这团烛光胸有成竹地说: 180
"我能逼这冰冷的顽石冒出火花,
也一定能逼鲁克丽丝就范委身。"

忽而担忧又开始让他脸色发白,
他又开始对面临的危险东想西猜,
他的内心深处进行着一场争论: 185
这事会带来什么样的悔恨和悲哀?
继而他轻蔑地嘲笑可怜的铠甲[①]
居然想保护已多次自杀的性欲[②]。
善恶之争就这样在他心底展开:

"快收敛你的烛光吧,荧荧蜡烛, 190
别让她那更灿烂的光芒变得模糊!

---

① "可怜的铠甲"喻担忧,因担忧阻止他纵欲可谓保护他。
② "自杀的性欲":性欲在宣泄之后消退,可谓性欲消灭了自己。

别再胡思乱想了,邪恶的念头,
趁你的邪恶尚未把那圣女玷污!
把纯洁的焚香献给那纯洁的圣殿,
让清白的世人都痛恨对爱的亵渎,   195
让玷污爱之贞洁者遭众人憎恶。

"啊,这是武士和纹章的奇耻大辱!
这是对我祖先陵寝的亵渎和玷污!
这是将招灾致祸的不敬神明的行为!
一名堂堂武士竟成为情欲的奴仆!   200
真的勇士永远都该有真正的敬畏,
而我的离经叛道是如此丑陋低俗,
这丑行将会铭刻进我家的盾面饰图。

"对,这丑行在我死后也将流传,
将成为我王家纹章上的一个污点;   205
纹章官会把某一笔添进纹章图案,
暗示我当年如何为情欲铤而走险;
我的子孙将把这一笔视为耻辱,
将会理直气壮地诅咒我的尸骨,
并希望不曾有过我这样一个祖先。   210

"就算天从人愿,我又能得到什么?
一场梦?一阵风?或片刻的快乐?

谁会为一粒芝麻丢掉一个西瓜?
谁肯为一颗葡萄而把葡萄藤砍伐?
谁愿为一时高兴而终生伴着泪花? 215
或哪个愚蠢的乞丐为了摸一下王冠,
竟甘愿被君王的权杖劈头打翻?

"要是科拉丁料到了我之所欲所慕
他会不会如大梦初醒,勃然大怒?
会不会匆匆赶回来阻止我的企图? 220
阻止这场对他美满婚姻的偷袭——
这种对圣贤的冒犯,对青春的玷污?
阻止这不仁不义、无羞无耻的歹徒,
其滔天大罪永远都不会被世人饶恕。

"若有朝一日我被指控闯此大祸, 225
我的想象力会找什么借口为我开脱?
我会不会四肢发抖,张口结舌?
会不会两眼发黑,心中血流成河?
这罪孽是这般大,而恐惧则更多,
极度恐惧既不能迎战,也没法逃脱, 230
只能像束手待毙的懦夫徒唤奈何。

"如果科拉丁杀了我的儿子或父亲,
或是曾设下埋伏,想要我的性命,

要么他压根儿就不是我的朋友,
那我夺妻之欲好歹也算事出有因, 235
因为这叫以牙还牙,报仇雪恨。
可他是我的朋友,是我的族人,
这罪过无由,其耻辱就永无穷尽。

"这是耻辱——不过要昭以世人;
这事可恨——但爱中不该有恨; 240
她虽名花有主,但我会向她求爱,
大不了就是被她拒绝,被她教训;
理智别再规劝了,我主意已定。
谁要是信奉前人格言或道德箴铭,
他见到墙头寓意画①也会肃然起敬。" 245

在这场良知与欲望的争论之中,
他就这样无耻地让欲望占了上风,
摈弃了所有羞恶之心、仁义之念,
让邪念占据制高点,肆意称雄;
邪念顷刻间就完全颠倒了是非, 250
完全扼杀了纯洁应该起的作用,

---

① 寓意画是西方家庭常用来替代挂毯的墙头装饰物,这种装饰画的质地是画布,因此比挂毯便宜,画面通常是道德寓言(基督教兴起后则多有圣经故事)的场面。

甚至让恶行听起来也像善行阴功。

他说:"她刚才友善地握我的手,
望着我热切的双眼把消息探究,
唯恐有什么噩耗从战场上传来, 255
因为她心爱的科拉丁在那里战斗。
啊,担忧是怎样使她的双颊变红!
起初红得好像绣在白绸的玫瑰,
后来又白得像没绣玫瑰的白绸。

"当时她的手被紧紧攥在我手里, 260
她忠贞的惊恐使我的手也战栗!
担忧使她伤感,伤感加速她手抖,
直到听见丈夫平安无恙的消息,
她脸上才显出一种甜美的笑意,
那耳喀索斯若看见她迷人的笑脸, 265
就决不会顾影自怜,溺水而死。①

"那我为何要编造些饰言假话?
美人一开口,连雄辩家也哑巴;
俗民才会因有失检点而良心不安,
疑神疑鬼心中之爱就不会发芽; 270

---

① 参见《维纳斯与阿多尼》第 161—162 行及其注释。

爱情是我的统帅,我听从于它,
而只要它鲜艳的旌旗挥舞招展,
懦夫也敢参战,而不会心生惧怕。

"幼稚的担忧和争论哟,给我滚开!
尊严和理性哟,去服侍耆翁耋汉!　　　275
我的心决不会撤销眼睛发出的命令,
瞻前顾后和深思熟虑只适合圣贤,
我正青春年少,这些都与我无关。
指引我的是欲望,我探求的是红颜,
探这样的金潭玉窝谁还惧怕深陷?"　　280

像翠绿的禾苗被疯长的野草覆盖,
谨慎担忧几乎被强烈的欲望窒息。
于是塔奎又竖起耳朵偷偷前行,
满怀非分之想,但也满腹猜疑;
妄想和猜疑就像无耻之徒的随从,　　285
二者相左的规劝使他拿不定主意,
他忽而想退兵,忽而又想出击。

他脑海中浮现出她仙女般的形象,
但科拉丁也不知趣地坐在她身旁。
看她的那只眼睛令他心旌飘荡,　　290
看他的那只眼睛却使他心境安详,

这只眼不赞成那只眼看朱成碧,
便怀着纯洁的意愿请心灵帮忙,
可心已经堕落,站在淫荡的一方。

见身为统帅的心这样欣然表态, 295
其他感官也受到激励,亢奋起来,
像紧发条似的使性欲坚挺不衰;
而作为感官之首,膨胀勃然加快,
对部下的谬奖也让它们难以还债。
这罗马王子就这样被欲望引领, 300
疯狂地走向鲁克丽丝的内宅。

在他的欲望和女主人的内宅之间,
一把把守门的铜锁被他强行开启,
但铜锁离岗前都对他厉声呵斥,
呵斥声迫使这小偷更加小心翼翼: 305
开门的吱嘎声会引起主人警觉,
鼬鼠① 见他时的尖叫会暴露其踪迹,
这些都令他心惊,但他仍不放弃。

随着一个个入口被迫为他让路,
风却挺身而出,设法把他拦阻, 310

---

① 为捕捉老鼠而被家养的某些种类的鼬鼠。

从小小孔穴和窄窄缝隙飕飕吹出
吹得烛光摇曳,烛烟迎面直扑,
直到吹灭为他引路的那支蜡烛。
但他那颗早被熊熊欲火烧焦的心
喷出一股热风,又让烛光恢复。 315

借着复燃的烛光,他四下一瞧,
发现了女主人一只插着针的手套,
他从铺在地面的草垫上将它拾起,
攥手套的手突然痛得像被火烧,
刺破他手指的针仿佛在把他警告: 320
"回去吧,连这手套也不愿受辱,
你该明白它主人的用品都洁身自好。"

但这些区区小事不可能把他阻拦,
他用他邪恶的心思来解释这些事件:
那些阻拦他脚步的门、风和手套, 325
都不过是对他的一些意外考验,
好比那似乎是停滞在钟面上的时针,
虽看上去磨磨蹭蹭,故意拖延时间,
但最终还得把拖欠的分秒都偿还。

"所以哟,"他暗想:"这些个波折 330
就像初春时偶尔会有的露凝霜落,

霜露只会让春天平添几分欣然,
微寒只会让小鸟更有理由唱歌。
有言道佳期难逢,好事历来多磨,
怕完巨岩、疾风、海盗、暗礁和沙洲, 335
满载珍宝的商船方能进港靠岸停泊。"

此时他已经溜到那间卧室的门边,
他和他心中的天堂只有一门之隔,
如今能阻拦他的只有那根门闩,
门闩后就是他想象中的销魂荡魄。 340
心中的邪念已让他这般走火入魔,
他竟开始求上天让他如愿以偿,
仿佛上天应该保佑他的这种罪过。

他向天上所有永恒的神灵祈祷:
求众神让他今宵良辰有多多幸运, 345
让他肮脏的欲望拥抱净洁的美人,
可他即便在徒然的祈祷中也惊悟:
"这不是窃玉偷香,而肯定是奸淫!
我所求助的众神定憎恶这等恶行,
他们怎么会帮我去把娇花蹂躏? 350

"那就让爱神和幸运女神把我引领!
我的欲望需要决心来做坚强后盾,

因为心愿不付诸行动终归是梦幻。
恐惧的严霜终将被爱的火焰融尽,
滔天大罪一经赦免也清白无辜, 355
当杲杲白昼隐去,冥冥黑夜降临,
交欢后的羞耻会被遮得干干净净。"

想到此塔奎伸手拨开了那道门闩,
用膝盖悄悄顶开了紧闭的门扇。
这只鸱鸮要捕捉的鸽子正在沉睡。 360
罪行常发生在罪犯被发现之前,
谁发现有潜伏的毒蛇都会躲避,
可熟睡中的她做梦也没想到危险,
只能任凭那致命的毒牙随心所愿。

他心怀邪念悄悄溜进了她的闺房, 365
开始凝视那张尚未被玷污的卧床,
此时卧床被幔帐围得严严实实,
他绕床瞻顾,用他贪婪的目光。
他的心被这不忠的目光误导方向,
被误导的心立即对手发出指令: 370
撩开那道遮蔽皓皓明月的云障。

啊,正如灿灿灼灼的烈日骄阳
破云而出时常令我们睁不开眼睛,

当幔帐被撩开时他的眼睛也一样,
被更加灿烂的光辉耀得瞬间失明。　　375
不管是她的明艳亮丽使他眼花,
还是他自己心中的羞鬼令他目眩,
反正他紧闭双眼,久久都不再睁。

唉,要是那双眼就在那黑牢中死去,
它们也就看见了它们行恶的终止!　　380
那样科拉丁还会在鲁克丽丝身边,
会继续在这张净洁的床上休息。
但它们定会睁开,来亵这对伉俪,
圣洁的鲁克丽丝一遇见它们的目光,
就必定失去她拥有的生命和欢愉。　　385

此时她红润的脸正枕着白皙的手,
手把属于枕头的合法亲吻遮挡,
所以生气的枕头似乎要分成两截,
用高高翘起的两端去亲她的面庞。
她的头埋在那高高翘起的两山之间,　　390
她躺卧的姿势宛若一尊圣女雕像,
只是这圣女却被淫荡的目光瞻仰。

她另一只舒展的纤手探出床沿,
白如凝脂的手衬着绿色的床单,

像一朵绽放在草地上的四月雏菊, 395
手上的汗珠像花瓣上的露珠一般。
她的眼睛像万寿菊,已收敛光艳,①
此时在黑暗的笼罩下静静安眠,
待等第二天再绽开去装点白天。

她金丝般的秀发挑逗着她的呼吸, 400
真可谓放肆的端庄,端庄的放肆!
在这幅死亡画中可看见勃勃生机,
生的喜悦中又可见死亡的影子。
生和死在她的睡眠中都那么美丽,
好像是一对没有阋墙的孪生兄弟, 405
仿佛是死中有生,生中有死。

她的乳房像有蓝纹交错的象牙圆球,
像两座未被征服过的圆形堡垒,
除主人之外,它们对谁也不屈服,
它们曾发誓要把主人的荣誉捍卫。 410
这两座堡垒令塔奎越发大旱望水,

---

① 万寿菊随日落而合拢其花瓣。参见《冬天的故事》第 4 幕第 3 场 "去陪太阳就寝、又流着泪陪他一道起身的万寿菊（The marigold, that goes to bed wi' th' sun / And with him rises weeping）"（皇家版第 121—122 行,河滨版第 105—106 行）。另：万寿菊之西名 marigold 源自 Mary's Gold（玛丽之金）,与圣母玛丽亚的传说有涉。

他像个觊觎王位的野心家迫不及待
要把宝座上的合法君王赶下王位。

有什么他能看见的他不瞩目凝睇？
有什么他所看见的他不觊觎不已？　　　415
面对眼前这令他疯狂的秀色美餐，
欲火中烧的他先给眼睛一顿饱食。
他心醉神迷地细细品赏她的玉体：
蓝幽幽的青脉，红殷殷的嘴唇，
脸若三月桃花，肤如无瑕白玉。　　　420

如同凶残的狮子欣赏它的猎物，
饥饿感已在征服中得到些许满足，
塔奎就这样望着那位沉睡的美人，
凝望使他沸腾的欲望稍稍平复，
但只是稍稍平复，而非彻底压服，　　　425
他刚刚才制止了这场叛乱的双目，
又煽动他的欲念去把王位颠覆。

欲念就像群心肠冷酷的游勇散兵，
只顾沿途打家劫舍，烧杀奸淫，
在血腥的屠杀和死亡中寻欢作乐，　　　430
哪管孩子的眼泪和母亲的呻吟，
骄纵得头脑膨胀，只盼进攻命令。

于是他的心猛击战鼓,下令进攻,
让欲念去做它一直想做的事情。

心头的怦怦鼓声使眼睛感到振奋,　　　　　435
眼睛命令他的手挂先锋印出征,
手为获得如此尊贵的头衔而得意,
便得意忘形,趾高气扬地进军,
先占领胸脯,她全部疆土的中心,
手到之处那些蓝幽幽的青脉都撤退,　　　440
丢下两座洁白的圆塔,冷冷清清。

撤退的血脉在宁静的心房汇合,
那儿是它们女主人心灵之寓所,
它们报告说她正受到可怕的侵犯,
她猛然惊醒,只听它们七嘴八舌,　　　　445
睁开紧闭的双眼,双眼惊惶失色,
想看一看到底发生了什么灾祸,
但却晕眩于面前明晃晃的烛火。

请想象一个女人在死沉沉的黑夜
突然被可怕的幻象从沉睡中惊醒,　　　　450
她必然会以为自己看见了妖魔鬼怪,
狰狞的面目定会吓得她抖个不停——
那景象真恐怖!可她的境遇更糟,

猛然被惊醒,拼命想看个究竟,
却发现梦幻中的恐怖原来是实情。　　　455

被万千恐惧包裹,她全然不知所措,
像只刚受伤的小鸟只会瑟瑟哆嗦;
她不敢再睁开眼睛,但却仿佛看见
飞来窜去的魑魅魍魉,鬼怪妖魔,
这些幽灵原来是大脑凭空臆造,　　　460
因大脑怒于眼睛不履行自己的职责,
所以用更恐怖的景象把它们恐吓。

塔奎的手还停在鲁克丽丝胸上,
像攻城巨槌要撞破那道象牙城墙。
他的手感觉到她的心悲痛欲绝,　　　465
因那心跳之剧烈像是要自戕而亡,
撞城墙的手也随那心跳而颤抖,
这使他更加狂暴,更不惜玉怜香,
只想撞破城墙,进入那甜蜜之邦。

这时他的舌头开始扮演号角,　　　470
用号音向他的敌人发出谈判信号;
她从雪白的被褥下露出惨白的脸,
想把这场突然袭击的缘由知道,
他试图用无言的表情来说明原因,

可她仍一再追问，不停地哀求，　　　　　475
他如此为非作歹到底有何理道。

于是他回答："这理道就在你脸上！
它变白时会让百合感到自惭形秽，
红起来会让玫瑰觉得颜面无光，
它将为我辩护，讲述我爱的渴望；　　　　480
我为此来攻你这座未被征服的堡垒，
这都是你的错，责任在你一方，
因为把你出卖给我的是你的目光。

"如果你想谴责，那么让我先说：
你的美貌已让你陷入今宵网罗，　　　　485
今宵你必须忍受我对你发泄欲望，
与你交欢是我在人世间的极乐，
我也曾竭尽全力抑制这熊熊欲火，
但每当我的理性和自责将其扑灭，
你光彩照人的美貌又让它复活。　　　　490

"我知道我的企图会有什么结局：
知道玫瑰有什么样的护花锐刺，
也知道蜜蜂有什么样的守蜜螯针，
这一切我在事前都已熟虑深思。
但欲望没耳朵，听不进任何忠告，　　　　495

它只有眼睛,就爱看美颜风姿,
而一旦看上就不管什么责任或法律。

"我也曾思量,甚至在灵魂深处,
这将造成何等的罪恶、悲哀与耻辱?
但没什么能抑制贪欢求爱的激情, 500
也没什么能阻止纵欲狂心的脚步。
我知道纵欲后会有悔恨的眼泪,
会遭谴责和白眼,结下冤家对头,
但我却力求拥抱这样的臭名昭著。"

塔奎说完便扬起他那柄罗马利剑, 505
那利剑像一只恶鹰在空中盘旋,
罩在鹰翅阴影下的鸽子瑟瑟退缩,
弯钩鹰喙威胁说你一飞就会完蛋。
鲁克丽丝就这样躺在利剑之下,
颤抖着密切注意他的一行一言, 510
像鸽子听见猎鹰脚环①预示的灾难。

他说:"你我免不掉今宵这场云雨。
你要是拒绝,我就只能使用暴力,
那样我就会在这张床上把你杀死,

---

① 指系于猎鹰脚上的环形风哨。

杀你之后我还要杀你家一名奴隶，　　　515
这样既要了你的命又毁了你的声誉，
因为我会把那名奴隶放在你怀中，
并发誓说我杀人是因看见你俩同居。

"这样你那位还活在世上的丈夫
将会遭千人白眼，被万人责咎，　　　520
你的族人在人前将会抬不起头，
你的子女将因私生混血而蒙羞，
而你，这些奇耻大辱的罪魁祸首，
你的风流事将被骚人墨客引用，
并被孩子们传唱，代代传诵不休。　　525

"但你若依从，这事我不会张扬，
过错未经暴露就好比邪念没曝光，
为成就大事而犯下的区区小错，
连法律也视其为计谋而加以原谅。
有毒的药草有时候也用来攻毒，　　　530
只要配制得法，用量用法适当，
病人体内的毒素将被祛除一光。

"那么，请认真考虑我的求爱，
为了你丈夫和你的子孙后代，
别让他们蒙上无法洗刷的耻辱，　　　535

这污垢永远也不会被世人忘怀,
它比奴隶的烙印和胎记都更糟,
因奴隶的烙印和胎记与生俱来,
是上天的错,不该把他们责怪。"

说到此他停住话头,亢奋激昂,　　　　540
像蛇怪①一样射出令人致死的目光,
这时候纯洁而虔诚的鲁克丽丝
像一只白色母鹿落入怪兽的魔掌,
在无法无天的荒野向怪兽告怜,
可残暴的野兽不知何谓天道公理,　　　545
只知道服从他邪恶卑鄙的欲望。

但当一团预示要遮蔽大地的乌云
刚用蒙蒙迷雾掩匿高耸的山巅,
从大地深处便会生出一阵清风,
把漆黑的云雾从弥漫之处吹散,　　　　550
从而把黑云压城的时刻向后推延,
她的哀诉就这样推延了他的恶行,

---

① 蛇怪(cockatrice),西方传说中的一种怪蛇,相传由蛇孵化一枚公鸡蛋所生,其目光和气息可使任何靠近它的生物丧命。

因奥菲斯一弹琴冥王也会闭眼。①

然而夜出的恶猫爱与猎物玩游戏,
落入它利爪的老鼠只能气喘吁吁。　　　555
她的哀告更激起他邪恶的欲望,
填不满的欲望如深渊,深不见底。
他的耳朵听见了她的声声哀诉,
他的心却不允许那声音进入心里;
虽雨能穿石,但泪只会增强情欲。　　　560

她那悲痛欲绝、乞哀告怜的眼睛
死死盯住塔奎脸上冷酷的皱纹。
她谦恭而雄辩的言词伴随着悲叹,
使她动情的哀告更加优雅动人。
但悲愤使她断断续续,言不成语,　　　565
往往话刚说到一半就泣不成声,
每每数次张口却一句话也没说成。

她求他看在主神朱庇特的面上,

---

① 奥菲斯(Orpheus,又译俄尔甫斯)是希腊神话中的诗人及歌手,其歌声和琴声能使树木垂枝,顽石移步,野兽俯首。其妻欧里狄克死后他追至冥国,冥后被其琴声感动,答应他带妻子回人间。(但不许他在出冥界之前回头看妻子,奥菲斯因见妻心切而违约,结果再次失去妻子。)

求他顾及朋友的誓言和贵族身份，
求他可怜她的眼泪和她丈夫的爱，　　　　570
求他尊重神圣的法律和相互诚信，
求他看在天地和天地诸神的面上，
速速回到他借宿的客房好好安寝，
求他服从荣誉，不要顺从淫性。

她求他"别无信无义，以怨报德，　　　　575
别用这种恶行回报主人的好客；
别把供你饮用的清清泉水弄脏，
别把不能修补的皎皎器皿打破，
停止你罪恶的瞄准，趁还没发射，
不合时宜地拈弓搭箭射杀小鹿，　　　　580
那不是猎手的荣耀，而是罪恶。

"我丈夫是你朋友，所以请放过我。
你自己是王子，所以请离开我。
我只是个弱女子，所以别陷害我。
你不像个骗子，所以请别骗我。　　　　585
我旋风般的哀叹努力要把你吹开，
只要有男人可怜女人的悲酸苦涩，
就请可怜我吧，为我这叹风泪河。

"愿这叹风泪河汇成汹涌的巨浪，

98

冲刷你想为非作歹的铁石心肠,　　　590
愿巨浪的不断冲刷使你的心变软,
岩石经不断冲刷也会变成泥浆。
啊,如果你的心并不比石头坚硬,
就溶于我的泪水吧,变得仁慈善良!
恻隐欲进入心扉,铁门也该开敞。　　595

"看你像塔奎,我才把你款待,
难道你是扮他的模样要把他陷害?
我要向天上的众神控告你的恶行,
你败坏了塔奎王室的名誉和光彩。
你并非看上去的你,如果你是,　　　600
那你似乎并无神祇或君王的风采,
因神祇和君王都应该自制自爱。

"你年纪轻轻就这般任罪恶萌生,
成年后不知你会怎样远扬臭名?
身为王子你就敢这般恣意妄为,　　　605
加冕后你还有什么不敢做的事情?
啊,请你务必记住,务必记住,
既然臣民的恶行不能一笔勾销,
帝王犯下的罪孽也不能入土封尘。

"此行只能使臣民对你畏而生敬,　　　610

99

而臣民对明君永远是敬而生畏。
当罪犯证明你与他们是一丘之貉，
你也就只能容许他们胡作非为。
仅为避免这点，你也该痛改前非。
帝王是臣民的书本、学校和明镜，　　　615
臣民会依样阅读，学习，比对。

"你可想成为一所教淫欲的学校？
臣民都必须学习这可耻的课程？
你可想成为一面没廉耻的镜子，
照出行恶的理由，犯罪的凭证，　　　620
从而以你的名义赦免所有恶行？
你不以行恶为耻，反以之为荣，
让清白也沾上妓院老鸨的名声。

"你有权发令？那就凭授权与你的神，
从纯洁的心向你反叛的欲望发令：　　625
别用你的剑去维护不公正行为，
授剑与你是要你去斩除罪恶行径。
若是别人都以你为榜样为非作歹，
说是你教会他们怎样违法犯罪，
那你如何能履行王子高贵的使命？　　630

"若是你看见别人像你这样犯罪，

想想那犯罪场面该是多么污秽!
人总是很少看清自己身上的污点,
总爱偏袒或掩盖自己的不端行为。
须知此罪若是别人犯下就是死罪。 635
啊,对自己的罪孽视而不见的人,
将怎样恶名缠身,被其丑行所累!

"我举双手迎的是你,是你本身,
而不是把你诱入歧途的性欲。
我恳求你迎回被你放逐的尊严, 640
我恳求你让阿谀奉承的妄念退职,
尊严一旦复位,将把妄念抑制。
请从你痴迷的眼前拂开蒙蒙迷雾,
你会看清自己并同情我的遭遇。"

"住嘴,"他说:"你这番拒推 645
只能使我的欲潮高涨,而非消退。
微光易吹灭,但大火会继续燃烧,
风刮得越猛火焰越会高扬高飞;
小河小溪每天为大海注入淡水,
却只能使它的波涛更加浩浩汤汤, 650
而不能改变它滔滔海水的咸味。"

"你是大海,"她说:"是高贵的君王,

可你瞧，往你无边波涛中注入的是
卑鄙、耻辱、妄行和肮脏的欲望，
它们正试图污染你王家血脉的海洋。　　655
若这些狡诈的邪恶改变了你的善性，
你这片大海将被埋葬于污泥浊浆，
而不是污泥浊浆在你的大海中消亡。

"恶性一旦称王，你将变成奴仆，
它的卑鄙变高贵，你的高贵变卑污，　　660
你是它的天堂，而它是你的坟墓，
它享你的荣光，你背负它的耻辱。
天地间自来邪不压正，恶不胜德，
巍巍雪松从不向低矮的灌木低头，
只有灌木匍匐在雪松脚下干枯。　　665

"所以请将你麾下那些卑鄙的奴仆……"
"够了，"他说："我不再听你倾诉。
顺从我的爱吧，不然我的愤怒
将用致命的手段取代情人的轻抚。
完事后我还要故意把你当作淫妇，　　670
放到某个下贱男仆肮脏的床上，
把他作为这不体面死亡中的奸夫。"

塔奎说完这话便伸脚踩灭了烛灯，

因光明和淫欲是不共戴天的敌人,
羞恶之心在漆黑之夜会化为乌有, 675
恶人在黑暗之中最敢实施暴行。
饿狼扑住了猎物,羊羔在哀鸣,
直到被自己雪白的羊毛所窒息,
声声哀鸣被封堵进她甜蜜的芳唇。

因为塔奎顺手用她穿的亚麻睡衣 680
活生生堵住了她的哀号和呼喊;
她贞洁的眼里流出贞洁的悲泪,
这悲泪冷却了塔奎那张滚烫的脸。
啊,那邪欲竟玷污如此纯洁的床单!
如果眼泪能洗净由此而生的污点, 685
她的眼泪将永生永世洒在上面。

但她已失去了比生命珍贵的东西,
而他所得到的将会再一次失去:
这种强迫交欢会招致未来的纷争,
这种片刻快乐会孕育长久的悲戚, 690
这种火热欲望会变成冷淡的鄙弃,
纯洁的贞操被窃贼掠去了宝藏,
淫欲这个窃贼却比窃掠前更拮据。

瞧,像喂足的猎犬不想再嗅猎味,

像餍饱的山鹰不愿再振翅疾飞，   695
扑食猎物本是它们的乐趣和天性，
如今却慢慢尾随，或停下不追。
宣淫纵欲的塔奎今宵也这般贪嘴，
靠窃玉偷香为生的淫欲狼吞虎咽，
淫时津津有香，欲毕却翻肠倒胃。   700

啊，纵令无限的想象力沉思冥想，
也不可能理解如此深重的罪孽！
喝得烂醉的淫欲必须要倒胃呕吐，
才可能看清他自己的丑陋卑劣。
当淫欲欲火中烧，大发其淫威，   705
很难将其狂热抑制，把欲火浇灭，
只有等它像任性老马精疲力竭。

然后淫欲便形容憔悴，面无血色，
两眼无神，双腿乏力，皱眉蹙额，
战战兢兢，可怜巴巴，唯唯诺诺，   710
像个无钱的乞丐哭诉他遭的灾祸。
肉体膨胀时，欲望与情理相搏，
因为欲望从肉体中感到无比快活，
快乐一逝这逆贼便求宽恕其罪恶。

这位行恶的罗马王子结果就这样，   715

他此前疯狂追求的这一夜狂欢
如今却把末日审判的钟声敲响,
宣告他将身败名裂,臭名远扬。
他清白的灵魂圣殿如今已毁损,
绵绵不断的忧思涌到废墟之上,　　　　720
叩问蒙污含垢的灵魂是否安康。

灵魂说它卑鄙的属下集体叛变,
已经捣毁了它那道神圣的墙垣,
叛贼的滔天大罪毁了它的名声,
把它变成奴隶,受叛贼看管,　　　　725
现在它是生不如死,痛苦绵绵,
对此它早有预见,并试图控制,
但它的远见没能抑制叛贼的邪念。

塔奎就这样沉思着趁黑夜开溜,
一名失败的胜利者,得羊亡牛,　　　　730
把损坏的战利品丢在困惑中痛苦,
却带走了难以治愈的心灵伤口,
即便伤口能愈合伤疤也会永留。
她承受的是淫欲的污渍留在身上,
他承受的是负罪感永远压在心头。　　　　735

他像条做贼的狗灰溜溜悄悄离去,

她像只疲惫的羊躺在那儿喘息。
他皱着眉头悔恨自己犯下的罪孽,
她绝望地用指甲抓破自己的肉体。
他做贼心虚,慌不择路地潜逃, 740
她躺那儿诅咒今晚可怕的遭遇。
他一边跑一边责骂他一时的欢愉。

离开的他从此将会痛苦地忏悔,
留下的她则被抛进了绝望的深渊。
匆匆而逃的他想早点看见曙光, 745
绝望的她却祈求永远不再见白天:
"因为白天将把夜间的丑事暴露,
而我这双揉不进半点沙子的眼睛
又不会用狡诈眼神把丑事隐瞒。

"这双眼睛认为天下所有的明目 750
都能把它俩看见的耻辱看清楚,
所以它们愿永远都待在黑暗之中,
让别人没看见的罪恶永不暴露。
因为眼睛落泪就会把隐情泄出,
泪水会像镪水在钢铁上留下蚀痕, 755
在我脸上刻下我感觉到的耻辱。"

此时她开始责备睡眠和憩息,

唯愿她那双眼睛从此永远紧闭。
她使劲捶胸把她的心儿唤醒,
要心儿离开这心房,另觅居室,　　　760
纯洁心灵应在纯洁的肉体安居。①
她就这样疯狂地发泄满腔悲愤,
诅咒那桩尚未暴露的夜的秘密。

"毁灭安适的夜哟,地狱的象征!
耻辱的登记员,污垢的公证处!　　　765
罪恶的温床,隐匿罪行的混沌!
悲剧上演和杀手行凶的黑幕!
瞎眼的老鸨,丑行的藏身之屋!
死亡的黑洞,嚼舌的阴谋家,
专与隐秘的叛贼和劫掠者为伍!　　　770

"啊,气雾迷蒙的可恨的夜哟!
你对我洗不掉的耻辱负有责任,
所以请积聚你的迷雾去阻挡黎明,
向昼夜交替的规律发动一场战争,
如果你允许太阳爬到通常的高度,　　　775
也请你设法在它西坠落山之前,
编织毒云去罩住它金色的头顶。

---

① 肉体乃心灵之寓所。

"而且还要趁太阳赶到正午之前,
用腐臭的湿气把清晨的空气驱散,
让乌烟瘴气散发出致命的气息,　　　　780
使人厌恶那生命之精华的金盘,①
让你的湿气乌烟云瘴越集越厚,
直到把它的万丈光芒窒息,遮掩,
让它正午就坠落,让长夜绵绵。

"如果只是夜之子的塔奎是黑夜,　　　　785
他会把银光四溢的月神也强奸,
并玷污她那些星光闪烁的侍女,②
她们就不会再透过夜幕向下窥看。
这样也许会有人与我同病相怜,
正如朝圣者聊天会缩短朝圣路程,　　　　790
伤心人同病相怜会使悲伤减半。③

"可现在我身边没有人陪我含羞,
陪我一起搂胸蜷缩,黯然垂首,
陪我一起佯装镇静,把丑事遮掩,

---

① 金盘指太阳。太阳哺育万物,故曰"生命之精华"。
② 月神狄安娜是贞洁的处女神,她的侍女也都是守身如玉的处女。
③ 英谚云:分享快乐,快乐加倍;分担悲痛,悲痛减半(Shared joy is a double joy; shared sorrow is half a sorrow)。

我只能孤零零呆坐,独自悲愁,　　　　795
任凭晶莹的咸泪花溅落在地上,
任泪水掺进自责,呻吟伴着幽忧,
悲泪悲叹会消失,悲痛却会永久。

"夜哟,你这座乌烟瘴气的熔炉,
别让猜疑的白天看见我这副面孔!　　800
让它藏在你遮掩一切的黑幕之下,
默默地忍受折磨、羞耻和悲痛!
请继续占领你昏暗的领地和领空!
让所有在你的黑暗中发生的罪行
全都被埋进你阴暗的坟墓之中!　　　805

"别让我成为白天泄露的秘密!
别让阳光照耀我藏着秘密的眉宇!
别让它们透露贞节如何被玷污,
神圣的婚姻誓言是怎样被毁弃!
须知就连那些不识字的文盲,　　　　810
虽读不懂书本上那些高深文辞,
也能从我眉宇间看出我的过失。

"保姆将用我的故事来吓唬孩子,
用塔奎的名字来止住孩子的哭声。
演说家为了修饰他们的辞章,　　　　815

将把我和塔奎的耻辱相提并论。
欢宴上的歌手会弹唱这段丑闻,
引听众对每一句唱词都侧耳倾听,
听塔奎怎样害我,我怎样负科拉丁。

"为了我对科拉丁最深切的爱, 820
请让我贞洁的名声保持清白。
若我的贞节成了人们争论的话题,
另一棵树的枝丫也会受到伤害,
他就会蒙受他不该蒙受的耻辱,
而正如此前我对他的忠贞一样, 825
我的污点也与他没有丝毫干碍。

"啊,无形的羞哟,看不见的耻!
没感觉的痛哟,藏在头顶的疤①!
耻辱的痕迹已印在科拉丁脸上,
塔奎的眼睛从老远就能看见它—— 830
那和平时的挂彩,非战时的挂花。
哎,多少人遭受这种飞灾横祸,
自己浑然不知,只有肇祸者明察。

---

① 指藏在帽子里的角,西方人戏称"戴绿帽子"为"头上生角"。参见《无事生非》第 1 幕第 1 场(皇家版第 133—134 行,河滨版第 197—198 行)。

"科拉丁哟,你的荣誉若在我身上,
那它已遭到凶悍盗贼的入室掠抢。　　835
失去了蜂蜜,我就像一只雄蜂,
整个夏季的辛勤劳作竟是白忙①,
花蜜都被无情的盗贼一扫而光。
一只浪荡的黄蜂溜进了你的蜂房,
吮了贞洁的工蜂为你珍藏的蜜浆。　　840

"啊,你名誉扫地都因我的过失,
可我款待他也是为了你的名誉,
他来自你身边,我不能拒他于门外,
因为对他那样怠慢也是失礼。
而且他口口声声说他人困马疲,　　845
还满口德性仁义——真是亵渎啊,
德性仁义竟出自一个魔鬼嘴里!

"为什么蛀虫要侵入纯洁的花蕾?
为什么可恶的杜鹃②产卵在雀巢内?
为什么蟾蜍要用其毒液污染清泉?　　850
为什么狂野淫欲会潜入娴雅心扉?

---

　　① 不会采蜜的雄蜂(drone)夏日里仍会每天出巢飞翔,伺机与处女蜂王交配。
　　② 因其寄生孵卵这一特性,杜鹃在西方通常被视为恶鸟。

为什么帝王要违反自己颁布的法规?
天下事从不尽如人意,十全十美,
白璧有瑕,皎者易污,峣者易摧。

"把积攒的金银装进箱箧的老人　　　　　855
到头来往往受抽筋痛风的折磨,
还来不及把他的财富多看上几眼,
就已像坦塔罗斯那样又饥又渴①,
才智的收成如今成了无用的摆设。
除了因无法治愈的伤痛而痛苦,　　　　　860
他的财富没给他带来任何快乐。

"这样到不能享受时方金银满库,
所以只好把钱留给儿孙去享福,
正值绮年的儿孙随即就挥霍无度,
父辈奄奄一息,儿孙又血气方刚,　　　　865
这亦福亦祸的钱财很难久留常驻。
甚至在世人以为幸福已来临的时候,
那久久追求的幸福也会变成痛苦。

---

① 据希腊神话传说,坦塔罗斯乃宙斯之子,因触怒众神而被罚站在齐颔深的水中,头顶悬有果树,但当他口渴欲饮时,水即消退,当他腹饥欲食时,头上的果子即被风吹开,所以他永远受着饥渴之苦。

"嫩枝幼芽会遭受狂风暴雨的袭击,
奇花异卉会遇到衰草莠苴来傍依, 870
莺雀啁啾之处会有毒蛇咝咝作声,
德性孕育出产物也会被邪恶吞噬。
美好之物世人都不能夸口说拥有,
易沾邪附恶的天时也常光顾美好,
或将其毁灭,或改变其美好品质。 875

"哦,机遇哟,你真是罪大恶极!
正是你让叛贼的叛逆得以实行。
是你把恶狼引进羊羔栖身的羊圈。
无论谁策划犯罪,你都安排日程。
是你在践踏天道公理、纲纪法令, 880
罪孽在你黑暗的洞中隐迹藏身,
伺机侵袭从它跟前路过的生灵。

"你让贞洁的修女也违背其誓言,
节制稍有松懈你就来煽风点火,
你谋害忠贞不渝,扼杀刚正不阿, 885
你这邪恶的教唆犯,可耻的皮条客!
你爱散播谣言,用诽谤偷换赞歌,
你这个无耻的叛徒、强盗、小偷,
你的蜜浆会变胆汁,幸福变灾祸!

"你隐秘的快乐会变成公开耻辱，890
你私下的盛宴会变成公众持斋，
你悦耳的声望会变成难听的恶名，
你裹糖的舌头会尝到涩口的苦艾，
你的狂热虚幻不可能长存永在。
可恶的机遇哟，既然你这般有害，895
为何那么多人还对你企足而待？

"你何时才肯与卑贱的乞求者为友，
把他们带到能实现其愿望的路口？
你何时才肯让激烈的纷争消停片刻？
让戴着镣铐的可怜生灵获得自由？900
让病者有医药，让痛者能忍受？
贫者弱者盲者跛者都在向你求救，
可机遇对他们既不可遇也不可求。

"病人死去时医生却在呼呼安眠，
孤儿挨饿时压迫者却在大张盛宴，905
寡妇流泪时法官却在纵酒狂欢，
瘟疫流行时当局却在娱乐消遣。①

---

① 莎翁当时也是在借古讽今。1592 年至 1593 年，伦敦瘟疫流行，剧院全都关闭，无戏可演的莎翁住到其保护人南安普敦伯爵府上，《维纳斯与阿多尼》和《鲁克丽丝受辱记》均创作于这段时间。

你从来都不给善行义举半点时间,
因每时每刻你都像个恭顺的奴仆
侍候着狂暴嫉妒凶杀强奸和叛变。　　　910

"当真诚和德性前来与你交往,
对它们的求助你却设下千道屏障。
真诚和德性花钱也难买你相助,
罪恶空手而来,你却满心欢畅,
对它言听计从,乐于白白帮忙。　　　915
塔奎来访时科拉丁本也可以回家,
可是你却偏偏把他留在了远方。

"你犯了谋杀之罪和偷窃之罪,
你犯了伪证之罪和唆使之罪,
你犯了叛逆罪、伪造罪和欺骗罪,　　　920
还犯了最令人深恶痛绝的乱伦罪,
因为对所有已犯之罪和将犯之罪,
从创世之初到世界末日所犯的罪,
你都乐于当帮凶,故你难逃其罪。

"丑陋的时间哟,你这丑夜的同伙,　　　925
你这迅疾、狡诈、专报凶信的使者,
金迷纸醉的奴仆,吞噬青春的饕餮,
悲的更夫,罪的脚夫,德行的网罗,

你照料一切，而你又谋害一切。
听我说吧，害人骗人的时间哟： 930
既然你害我犯罪，你也难辞罪责！

"为什么你那位名叫机遇的仆人
竟然出卖你给予我睡眠的时辰？
为什么要取消你给我安排的好运，
把我锁进绵绵无期漫漫无涯的悲境？ 935
时间的职责是消弭仇敌间的仇恨，
消除偏见恶念引发的过失罪行，
而不是消灭神圣而合法的婚姻。

"时间的荣耀是平息帝王的争战，
把谎言谬论揭穿，让真理彰显， 940
给旧物古董盖上时间的印章，
唤醒黎明，为夜晚放哨值班，
惩罚行恶者，直到其洗心革面，
用你的悠悠岁月使大楼坍塌，
用尘埃使金碧辉煌的高塔黯淡， 945

"让巍巍纪念碑布满虫洞蛀孔，
用万物的腐烂衰朽去喂养遗忘，
涂污古籍史册，更改其内容，

把长命乌鸦①翅膀上的羽毛拔光,
耗干老树的汁液,育新苗成长,　　　　　950
毁坏钢铁锻铸的古老的器物,
把命运飞轮②转得让人晕头转向,

"让老妇人看见自己女儿的女儿,
让童稚变丁壮,丁壮又变老耆,
杀死以残杀为生的凶猛的老虎,　　　　955
驯服生性狂野的独角兽和狮子,
捉弄那些自欺欺人的奸诈小人,
用年复一年的丰收让耕作者欢喜,
用小小水珠慢慢磨损巉岩巨石。

"你既然不可能回头把过错避开,　　　　960
为何还要一路上不断为非作歹?
若一百年中能有区区一分钟倒转,
你就会赢得千千万万朋友的喜爱,
让可怜的犯错者学会畏祸避灾;
若这可怕的夜晚能倒退一个时辰,　　　965

---

　①　西方人认为乌鸦长寿。《大英百科全书》"乌鸦"(Raven)词条称"根据记载,一只笼养乌鸦活了69年"。
　②　在西方艺术作品中,命运女神福耳图纳(Fortuna)常站在象征祸福无常的转轮(或圆球)之上。

我就能躲开你这场风暴的祸害!

"你这个时刻服侍着永恒的奴仆,
请你用飞灾横祸阻拦塔奎的逃路,
请设计出超越极端的极端手段
叫他把这该诅咒的可怕之夜咒诅, 970
用恐怖的阴影惊吓他淫荡的双目,
让他一想到他的罪行就胆战心惊,
每一株草木都像无形的精灵怪物。

"请用忧惧折磨得他夜不成寐,
让他在床上辗转反侧,呻吟懊悔, 975
让可怕的灾难都降临到他的头上,
让他哀号悲叹但不怜悯他的伤悲。
让他碰上比石头还硬的铁石心肠,
让温柔的女人遇见他也竖眼横眉,
变得比凶残的母老虎更悍戾恣睢。 980

"让他有时间去撕扯他的头发,
让他有时间去对自己破口大骂,
让他有时间因时乖命蹇感到绝望,
让他有时间去生活在贱奴之家,
让他有时间去讨乞丐吃剩的残渣, 985
并有时间发现靠施舍度日的乞丐

也不屑于把残羹剩饭施舍给他。

"让他有时间看见朋友变成敌人,
看见快乐的白痴聚拢来把他调侃,
让他有时间感觉到在悲伤之时 990
时间是多么难挨,真是度日如年,
而在欢愉之时又怎样飞逝如箭。
还要永远让他无法洗刷的罪行
有时间为他虚度的年华而悲叹。

"时间哟,是非善恶都由你教训, 995
请教我诅咒那个你教他行恶的人!
让他被自己的影子吓得精神错乱,
每时每刻都想结束自己的生命!
那脏血应该由他那双脏手去放尽,
因为谁会愿意干这么卑鄙的事—— 1000
去处决这么一个卑鄙的恶棍?

"既然出身王家,他就更加卑鄙,
竟用这种秽行令他的未来蒙耻。
居位越高者,其行为越招人眼目,
不管给他招来的是仇恨还是荣誉, 1005
因最大的丑闻总陪伴最高的位置。
月亮一被云遮掩就会被人发现,

但星星却能随心所欲地隐藏自己。

"乌鸦可在泥潭濯其乌黑的翅膀,
带着污秽飞走却不会招人目光,　　　　　1010
但若是雪白的天鹅也想出自污泥,
雪白羽毛上的污点则众目昭彰。
臣民是夜晚冥冥,帝王是白昼煌煌,
蠓虫飞到哪里都很少惹人注意,
但每一只眼睛都会盯着雄鹰翱翔。　　　　1015

"滚吧,难断是非的无用的废话!
你这种仲裁者只配侍候浅薄的傻瓜!
去口才学校参加你的演讲比赛,
去找那些无聊而迟钝的辩护专家,
一起为胆小的委托人斡旋劝架。　　　　　1020
我不会把对簿公堂当成救命稻草,
因为对我这案子法律也没有办法。

"我徒费口舌抱怨机缘和时间,
我白费力气责骂塔奎和凄凄夜晚,
我枉费心机地挑剔我自己的丑行,　　　　1025
我无济于事地撇开我注定的悲冤,
因为这些废话都不能给我公道,
能替我伸冤雪耻的真正妙方

是让我这腔被污染的鲜血迸溅。

"可怜的手哟,为何听这话就发抖? 1030
你的荣耀就在于要替我雪耻除垢,
我若死去,我的名誉将活在你掌中,
我若活着,你将和我一道蒙耻含羞。
既然你未能保护你忠贞的女主人,
又害怕去找那位邪恶的敌人报仇, 1035
那就请和女主人一道殉节在这床头。"

说完这话她从凌乱的床上坐起,
开始寻找一件能致人于死的武器,
可这温馨的卧室里没有任何物件
能为她再开个孔窍发泄一腔怨气, 1040
她满腔怨愤再次涌到双唇之间,
像埃特纳火山的烟雾向空中腾起,
或是像大炮发射后冒出的烟气。

"我活着已无意义,只能徒然探寻,
想用某种方式来结束这不幸的生命。 1045
我刚才害怕死在塔奎的利剑之下,
可现在却为寻死而寻找一柄利刃;
不过我害怕的时候是个忠贞的妻子,
现在依然是——哦,不,这不可能,

可恶的塔奎已夺走了我忠贞的名声。　　　　1050

"啊,既然我已失去生活的欲望,
那么我现在也无须再惧怕死亡。
用死亡洗涤污点,这样我至少
可为耻辱的衣服佩上名誉的证章;
让活着的耻辱随生命一道消失,　　　　1055
珠玉被窃,补牢也救不回亡羊,
那就烧掉这存放珠玉的无辜宝箱!

"好吧,好吧,我亲爱的科拉丁,
你不会体验到已经被亵渎的婚姻,
我不会用已毁弃的誓言把你欺骗,　　　　1060
决不会那样辜负你的一片真情。
这杂交的孽种绝不会出世成长,
那个玷污了你家族血缘的恶棍
不可能夸口说你是他儿子的父亲。

"他也休想在心里暗暗把你嘲笑,　　　　1065
休想和同伴一起对你热讽冷嘲;
不过你应该知道,你珍藏的宝物
不是被出卖,而是从大门被盗。
至于我自己,我会做命运的主人,
对自己的罪过,我绝不会宽饶,　　　　1070

直到死亡把这强加之罪一笔勾销。

"我不会让我的污点使你蒙羞,
也不会为自己的过失找什么借口。
我不会涂饰盾面代表罪孽的黑底,①
不会隐瞒这不义之夜真实的丑陋。 1075
我的舌头会把一切都和盘托出,
为洗刷我的不白之冤,我的眼睛
会开闸让眼泪像清澈的山泉涌流。"

悲伤的菲洛墨拉此时强压悲忧,
止住了她夜莺般如泣如诉的歌喉,② 1080
肃穆而悲哀的黑夜缓缓步入冥界,
看哟,这时候披着红霞的白昼
把光亮借给双双欲借光亮的明眸。
但伤心的鲁克丽丝羞于见光亮,
而情愿让自己继续被黑夜拘囚。 1085

---

① 参见本诗第 203—207 行,以及第 58 行注释中的相关内容。
② 据希腊神话传说,雅典公主菲洛墨拉在去探望姐姐普洛克涅的途中被姐夫忒柔斯(色雷斯国王)强奸。为掩饰其罪行,忒柔斯割掉了菲洛墨拉的舌头并将其囚禁。菲洛墨拉把自己的遭遇织进一幅挂毯,设法将挂毯送到了普洛克涅手中。普洛克涅得知丈夫的罪行后,杀子伊提斯并烹之,让丈夫食其肉。忒柔斯知情后欲杀姐妹俩,宙斯将姐妹俩分别变成了燕子和夜莺。

暴露秘密的白昼透过缝隙偷窥，
仿佛要探明她是坐在哪儿哭泣，
鲁克丽丝抽噎着说："哦，太阳，
为何在窗口探头探脑，东窥西觑？
用你撩人的光芒撩拨惺忪睡眼， 1090
别用灼热的光芒灼伤我的眉宇，
因为夜晚造的孽与白天没有关系。"

她就这样对什么都吹毛求疵，
大恸大悲者易怒就像任性的稚童，
一旦任起性来看什么都不顺眼； 1095
新悲不似旧痛，旧痛会隐悲忍痛，
因岁月早已教会它要饮恨吞声，
可新悲却像不善水者坠入深水，
虽拼命挣扎也难免会溺于水中。

她就这样在一片苦海中浮沉， 1100
与她所见的每一景物都发生争论，
把天下所有悲痛都与自己的相比，
眼前景物无一不令她越发伤心，
一阵悲痛刚消，另一阵又涌起，
她忽而暗自悲伤，默不作声， 1105
忽而又情绪激动，说个不停。

清晨时小鸟开始把歌喉调试，
欢快的啁啾更使她悲伤不已，
因为欢乐总会把悲伤探究，
伤心人在欢乐人群中生不如死；　　　　1110
须知悲哀最乐于同悲哀做伴，
忧伤也更甘愿与忧伤为伍，
同病相怜者都乐于聚在一起。

望见海岸才被淹死不啻死上两回，
守着食物挨饿更觉得饥饿十倍，　　　　1115
看见药膏不能敷更感到伤口疼痛，
伤心人听到暖心话心中最伤悲；
深深的悲哀汹涌翻滚像滔滔洪水，
洪水若遭遇阻拦会冲毁堤坝，
悲哀若遭遇嘲弄也会逾矩违规。　　　　1120

"你们这群啁鸫哟，"鲁克丽丝说，
"把歌声吞回你们羽毛下的胸窝。
请别在我耳边发出任何声音，
我纷乱的心此时不爱听声韵谐和；
悲伤的女主人受不了客人欢愉，　　　　1125
把你们悦耳的音符送进开心的耳朵，
流泪的伤心人喜欢听悲歌哀乐。

"声声哀鸣的夜莺哟,菲洛墨拉,①
请在我这头乱发中筑你的窝吧!
当潮润的大地为你的遭遇而哭泣, 　　　1130
我也会伴着声声哭泣把泪抛洒,
用低沉的叹息为你的啼泣帮腔;
当你高声控诉忒柔斯暴虐无耻,
我会用低音哼出塔奎的卑鄙奸诈。

"你为了夜半也清醒地啼诉悲苦, 　　　1135
不惜让胸膛时时迎着尖棘锐楛,
我会学你让胸膛时时对着尖刀,
让那柄尖刀时时令我惊心怵目;
眼一打盹刀就会叫心一命呜呼。
这荆棘尖刀就好比提琴上的指板, 　　　1140
会使我们的心弦奏出真实的凄楚。

"可怜的夜莺哟,你白天不歌唱,
因你羞于见到任何窥觑的目光,
那就让我们去觅一个荒僻之处,
那里没有酷暑,也没有严寒冰霜; 　　　1145
去那儿为飞禽走兽唱悲伤的歌,
既然这世间的男人都变成了禽兽,

---

① 参见本诗第 1079—1080 行及其注释。

那就让禽兽都变得有慈善心肠。"

惶惶然呆立,像头受惊的小鹿,
为选一条逃生之路而迟疑踌躇, 1150
或像位旅行者迷途于曲径弯道,
反复兜圈也难以找到一条出路;
鲁克丽丝也就这样犹豫不决,
不知该忍辱偷生还是以血洗污,
活下去则蒙羞,自戕也会遭责辱。 1155

"自杀!"她失声道,"那算什么?
玷污我身体之外再玷污我的灵魂?
比起国土在战乱中尽悉沦丧者
剩有半壁江山者会有更多的韧性。
若两个可爱的孩子中有一个夭亡, 1160
母亲便把另外一个也一并杀死,
这样的尝试无论如何也太残忍。

"当我的肉体和灵魂都还纯洁无瑕,
二者中哪一个对我来说更为珍贵?
当二者都还只留给上天和科拉丁, 1165
谁的爱更应该与我形影相随?
唉!若高洁的青松被剥掉树皮,
其液汁会干枯,针叶会凋零,

我的灵魂被剥去了躯壳也会枯萎。

"这寓所已被洗劫,安宁已失去, 1170
富丽堂皇的宅所已被敌人偷袭;
其神圣的庙堂被毁,蒙污含垢,
被弄得声名狼藉,为人所不齿;
所以要是我在这残垣上凿个小孔,
把我不安的灵魂送出这躯壳, 1175
请千万别认为这是亵渎神明之举。

"但我要等到我的科拉丁回来
亲耳听到我兰摧玉折的缘由,
要让科拉丁在我绝命之时发誓,
发誓向那个摧兰折玉者报仇。 1180
我要把我被玷污的血留给塔奎,
我要在遗嘱中记下这笔血债,
被他玷污的鲜血会因他而流。

"我要把我的名誉留给这刀刃,
用它来刺穿这失去名誉的肉身。 1185
剥夺不名誉的生命乃名誉之举,
这生命被剥夺,其名誉会永存;
我的名誉将在耻辱的灰烬中涅槃,
因为我自戕也会消除我的耻辱,

耻辱一消除,我的名誉将重生。 1190

"夫君哟,你那份珍宝我已经失去,
这遗产中还有什么可遗留给你?
我的决心和我的爱将是你的骄傲,
你应该以我为范去报仇雪耻。
该如何处置塔奎,请体察我的决定: 1195
我自杀就是你的朋友杀死你的敌人,
为我报仇你得把虚伪的塔奎杀死。

"我在此对我的遗嘱作简要说明:
给苍天大地我留下我的肉体和灵魂,
夫君哟,我留给你的是我的坚贞, 1200
我的名誉留给这柄刀,我将用它自尽,
我的耻辱将留给玷污我名声的仇敌,
而我将在这世上流传的全部名声
则留给那些不会以我为耻的后人。

"科拉丁哟,你将执行这份遗嘱, 1205
让你做这事皆因我昨晚太糊涂!
但我的鲜血会洗净我身上的污秽,
我这一死将把我生命的污点消除。
心儿哟,别怕,勇敢地说'就这样',
顺从我的手吧,手将把您征服, 1210

你俩将双双作为胜利者一并作古。"

她强忍悲痛拟定了自杀的计划，
拭干了遮掩明眸的珍珠般的泪花，
用沙哑的嗓音呼唤她的侍女；
双脚像插上了翅膀，忠心可嘉，　　　　　1215
恭顺的侍女应声来到主人的卧榻；
见可怜的女主人脸上泪痕隐约，
像冬日阳光下的草地积雪刚融化。

侍女毕恭毕敬地向女主人问候，
神态端庄娴静，语调缓慢轻柔，　　　　　1220
她神情语调中也透出些许忧郁，
因她见主人眼神哀痛，满脸悲忧；
可是她不敢贸然向女主人询问：
为何愁云惨雾笼罩她的灿灿明眸，
为何她美丽的脸上曾悲泪长流。　　　　　1225

但就像太阳落山，大地雨露弥漫，
承露淋雨的朵朵花儿像只只泪眼，
见女主人脸上的那对恒星黯然陨落，
在咸浪汹涌的大海里把光芒收敛，
侍女不禁心生怜意，满怀同情，　　　　　1230
她圆圆的双眼也止不住泪流潸潸，

哭得就像降雨洒露的冥冥夜晚。

一时间这两个美人儿呆呆伫立,
像一对往珊瑚池喷水的牙雕玉女;
一位泪如泉涌自有其洒泪的原因,   1235
另一位却只是为了陪同伴哭泣;
女人伤心溅泪每每都心甘情愿,
以为同伴伤心,自己就悲从中来,
结果便惨怛于心,泫然流涕。

男人心如燧石,女儿心若蜡泥,   1240
因此她们也希望能显得坚如磐石;
纤弱的女性强压出男性的印记,
或是因受骗上当,或因迫不得已;
所以别以为女人就是红颜祸水,
当她们真被压成魔鬼的形象,   1245
那也不过是被认为邪恶的蜡泥。

女人毫无遮蔽,像空旷的平原,
平原上小小的爬虫都毫发可鉴。
男人则像座枝蔓丛生的树林,
种种邪恶都藏匿在幽幽林间。   1250
女人的脸就像其过失登记簿,
每点瑕疵都透过那水晶墙显现,

可男人却能绷着脸把罪行遮掩。

谁也不应该责备残花落红,
而应该谴责那掠红摧花的严冬。　　　　　1255
当罚的应是施暴者,而非受害者,
哎,当可怜的女人被男人妄用,
千万别以为这是她们不贞不忠。
请谴责那些骄狂的公子王孙,
是他们带给弱女子耻辱和悲痛。　　　　　1260

鲁克丽丝受辱就是这样的事例:
她深夜遭袭,面临死亡的威胁,
还面临死后接踵而至的耻辱,
丈夫同样会蒙冤,被恶人攻讦,
她以死相拼也不能消除这危险,　　　　　1265
恐惧会令她四肢瘫痪,头脑昏厥,
而谁不能对一具艳尸奸污猥亵?

这时美丽的鲁克丽丝忍不住开口,
问她可怜的侍女为何满脸悲忧:
"姑娘哟,是什么使你伤心,　　　　　　1270
是什么使你的脸颊上悲泪长流?
你要是为我承受的悲痛而哭泣,
须知这只是贼去关门,于事无补,

若流泪有用,我自己会流个够。

"可是哟,好姑娘,"她一声长吁, 1275
"塔奎是什么时候离开这宅第?"
"在我起床之前,夫人,"侍女回答,
"都怪我偷懒贪睡,粗心大意。
不过我犯下的过失也情有可原:
因为我没等天光放亮就已起床, 1280
但塔奎在我起床之前就已离去。

"可是,夫人,请恕小女冒昧,
敢问我是否可知你悲伤的原委?"
"啊,请别问!"鲁克丽丝回答,
"我告诉你也不能减轻我的伤悲, 1285
再说那番遭遇我也很难说清,
那种痛苦折磨可以说是下地狱,
我所遭受的磨难非语言能描绘。

"你快去,去取来纸笔墨伺候,
喔,别去了,我这屋里就有。 1290
我想说什么?哦,你去叫人准备,
叫我丈夫的一名男仆在外等候,
等着给我亲爱的丈夫送一急信。
叫他准备好要一路策马奔走,

此事十万火急，信立刻就写就。" 1295

侍女遵命离去，她欲提笔修书，
开始不知从何下笔，颇费踌躇。
万千思绪和悲情都涌向笔端，
理智命她写下的随即被感情删除。
这太矫揉造作，这又过于露骨； 1300
千言万语像人群把大门拥堵，
争先恐后要通过她的笔抢着上路。

最后她写道："我尊贵的夫君，
你无才无德的妻子谨致问讯，
倘若你还想看见你的鲁克丽丝， 1305
祝你安康的贱妾有个不情之请：
请你即刻上路，速速返家门。
我在家里伤心欲绝地等你回来，
这寥寥数语难表我的悲哀之心。"

她往信中折叠进满腹的悲伤， 1310
悲伤的缘由在信中却依稀迷茫。
科拉丁从字里行间可知她的悲苦，
但却不知其悲苦后面的真相，
因为她不敢把一切都和盘托出，
唯恐在她用鲜血洗刷耻辱之前， 1315

他会误以为是她自己红杏出墙。

再说她把满腔悲痛积压在心底,
是要等科拉丁回家后当面倾诉;
因为伴随着声声悲叹、串串泪水,
她更容易说清她是如何被玷污,   1320
更容易把世人对她的猜疑消除。
为避这种猜疑,她书未尽言,
只等最后用行动把心里话说出。

眼观悲剧比耳闻更令人伤感,
因为等眼睛把悲惨的一幕看完   1325
再对耳朵把悲情细细讲述,
眼睛和耳朵早已把痛苦分担,
我们耳闻的悲痛就只剩一半;
深深的海峡比浅滩更为沉默,
悲哀一经言辞倾诉便会消减。   1330

她用蜡将信封讫并写好抬头:
"急送阿尔代亚呈科拉丁亲收。"
她把信交给一旁恭候的男仆,
命神情沉重的信差赶紧上路,
像北风紧逼的落伍雁兼程疾走。   1335
可即便他逐日追风她也会嫌慢,

人陷绝境时的偏激无需理由。

忠厚的男仆向女主人俯首鞠躬,
两眼盯着她,满脸涨得通红,
局促不安地接过了那封书信, 1340
一声没吭就转身登程去把信送。
但胸藏隐情者往往都会心虚,
鲁克丽丝也以为那是责备的目光,
以为他因看出了她的羞惭而脸红。

可上天知晓,这位忠厚的仆役 1345
只是少点胆量,不懂得厚颜无耻。
这等善良之辈只知用行动说话,
不像有些无耻之徒善于言辞,
当面满口答应,背后却敷衍了事。
这位旧时代的楷模就如此这般, 1350
其保证并非言辞,而是满脸诚实。

他的忠厚本分引起她重重疑心,
主仆二人脸上都腾起两片红云;
她以为他脸红是知道了昨夜之事,
于是红着脸看他,目不转睛。 1355
她热切的目光使得他更加迷惑,
而她越看他他就越发面红耳赤,

他越脸红她越认为他看出了隐情。

她觉得那尽职的信差刚刚离开,
要等很久很久才能够回来。 1360
眼下哭泣悲叹呻吟都无济于事,
呻吟烦了呻吟,悲哀厌了悲哀,
这令人厌烦的时间实在难挨;
于是她稍稍止住心头的哀怨,
寻思另辟蹊径抒一腔愁怀。 1365

最后她想到一幅精美的绘画,
画面上是普里阿摩斯①的特洛亚②,
特洛亚城前是围城的希腊大军,
因海伦被诱拐来把特洛亚讨伐,③
要把高耸入云的城头踩在脚下; 1370
那城头被画师画得巍峨壮丽,

---

① 普里阿摩斯(Priamus)是小亚细亚古国特洛亚(Troy,又译特洛伊)末代国王,是赫克托耳、帕里斯和特洛伊罗斯的父亲,在特洛亚城陷于希腊联军时被杀。
② 特洛亚古城位于小亚细亚西北部达达尼尔海峡(即今恰纳卡莱海峡)南岸斯卡芒德河(Scamander,今称芒德里斯河)河边。
③ 海伦是斯巴达王后,被特洛亚王子帕里斯诱拐,遂引起为期10年的特洛亚战争。特洛亚战争的故事被记载于荷马的《伊利亚特》和《奥德赛》、维吉尔的《埃涅阿斯记》,以及众多绘画和雕塑中。莎士比亚也以这场战争为背景创作了戏剧《特洛伊罗斯与克瑞西达》。

像是苍天正俯身亲吻崇楼高塔。

画上有成百上千可悲可叹的人物,
艺术巧夺天工,使之呼之欲出。
许多干笔①点缀似泪珠纷纷落下,   1375
像妻子在哭她们战死沙场的丈夫。
画师的神笔使鲜血散发出腥味,
使黯淡微光从垂死者眼中闪出,
犹如漫漫长夜即将燃尽的火烛。

你可以看见掘壕排障的尖兵,   1380
一个个汗流浃背,满身土尘;
透过特洛亚城头的一个个箭孔,
你可见向外窥视的一双双眼睛
充满敌意地注视着城外的敌人;
这画真是笔法精湛,神乎其技,   1385
连远方眼睛流露的悲怆都能看清。

你可从那些显赫的将领脸上
看见威风凛凛,得意洋洋,
从小伙子身上看见雄健敏捷,

---

① 干笔:绘画笔法,又称"干皴法""干笔法",画笔只蘸少许颜料,在画面上留下柔和的飞白效果。

而画师也没忘记在队伍中添上　　　　　　1390
一些面如土色的懦夫步履踉跄,
这些胆小鬼被画得惟妙惟肖;
你能感觉到他们抖得左偏右晃。

哦,你看埃阿斯和尤利西斯,①
从他俩脸上更显出画师的技艺。　　　　　1395
各自的相貌揭示了各自的性格,
两种神情表露了不同的心思,
埃阿斯眼中翻滚着严厉和愤怒,
而尤利西斯目光柔和的眼里
却闪出雍容自持和深谋远虑。　　　　　　1400

再看站立的涅斯托耳正在讲演,②
仿佛在激励希腊人奋勇作战,
他挥舞的双手是那么从容,
吸引了全军的注意力和视线。
他银色的胡须仿佛在上下摆动,　　　　　1405
演讲时似乎有气息逸出唇间,

---

① 埃阿斯(此处指大埃阿斯)和尤利西斯(即俄底修斯,或奥德修斯)均为特洛亚战争中的希腊英雄,前者臂力过人,性格火爆,后者则以足智多谋、英勇善战而著称。

② 涅斯托耳,皮罗斯国王,希腊联军中最年长的将领,以富于睿智、善于辞令而著称。

丝丝气息盘旋飘浮，袅袅上天。

　　他周围的听众一个个大张着嘴，
　　像要一口吞下他的谆谆教诲，
　　众人都仔细聆听，但神态各异，　　　　1410
　　仿佛美人鱼的歌声使他们沉醉；
　　高矮胖瘦都被画得栩栩欲活，
　　人群后排的人头几乎隐入人堆，
　　令观画者想踮起脚尖鸟瞰俯瞰。

　　这边有人把手搭在别人头上，　　　　1415
　　别人的耳朵把他的鼻子遮挡；
　　那边有人面红耳赤地挤在后面，
　　还有位被挤者似乎肝火正旺；
　　看他们那种情绪激动的模样，
　　若非怕听漏了涅斯托耳的良言，　　　　1420
　　他们恐怕会怒目相争，拔剑相向。

　　画师的想象力展现得淋漓高超，
　　虚实简繁都安排得自然精妙，
　　如画阿喀琉斯^①却不见其容貌，

---

　　① 阿喀琉斯，希腊联军中最显赫的英雄，他用其长矛杀死了特洛亚人的主将赫克托耳，后来被帕里斯的暗箭射中脚踵（他身上唯一致命处）而亡。

只见其披甲的手紧握的长矛,　　　　1425
除非用心灵的眼睛去近观远眺;
只需见一手一足,一耳一目,
想象便可见微知著,窥其全貌。

当特洛亚人的希望赫克托耳
勇敢地冲出围城与希腊人对阵,[①]　　1430
特洛亚人的母亲纷纷登上城头,
欣喜地观看其儿郎迎击敌人,
她们反常的欣喜来自她们的希望,
所以那欣喜中又透出恐惧忧愤,
犹如锃亮的刀剑上有斑斑锈痕。　　　1435

鲜血从两军鏖战的达尔丹海滩[②]
直流到芦苇丛生的西摩伊河畔,[③]
西摩伊河水也想模仿这场战斗,
它涌起的波浪就像进攻的兵团,
气势汹汹地扑向遭毁损的河边,　　　1440
然后向后退,直到遇到援军,

---

① 赫克托耳在这场战斗中杀死了阿喀琉斯的挚友帕特洛克罗斯,导致因与主帅阿伽门农不和而退出战争的阿喀琉斯重返战场。
② 达尔丹,指小亚细亚的达尔丹尼亚(Dardania)地区,即特洛亚古城周边地区。
③ 西摩伊河是斯卡芒德河的支流,参见本诗第1367行注释。

再合力把泡沫射向西摩伊河岸。

鲁克丽丝向那幅精美的画靠拢,
想找一幅刻画了所有悲哀的面容,
此前她发现许多面孔都充满悲伤,   1445
但都没包含人世间所有的悲痛,
直到她看见悲痛欲绝的赫卡柏①
正盯着丈夫普里阿摩斯一动不动,
丈夫躺在皮洛斯脚下血流如涌。②

岁无情,美易逝,人生多难,   1450
画师都细细刻在她眉宇之间。
她双颊早已布满深深皱纹,
昔日美貌风韵已成过眼云烟。

---

① 赫卡柏,普里阿摩斯之妻,生有众多子女,他在特洛亚战争中不仅失去了丈夫和绝大多数子女,而且自己最后也被俘成了尤利西斯的奴隶。她的不幸曾引起很多西方诗人的同情,故诗中说她悲哀的面容"包含人世间所有的悲痛"。莎士比亚对赫卡柏丧夫后痛苦的描写又见于《哈姆莱特》第2幕第2场(皇家版第446—459行,河滨版第504—517行)。

② 皮洛斯,阿喀琉斯之子,他身披亡父的甲胄血洗特洛亚城,在宙斯祭坛下当着赫卡柏的面杀死了试图为儿子波利忒斯报仇的普里阿摩斯。莎士比亚对皮洛斯杀普里阿摩斯的描写亦见于《哈姆莱特》第2幕第2场(皇家版第410—439行,河滨版为第478—497行)。

她蓝色的血浆① 早已变成黑色②，
萎缩的血管缺乏血液浇灌，   1455
预示因于躯壳的生命已近终点。

鲁克丽丝凝视着这悲惨的场景，
使自己的悲痛与这妇人的相称，
赫卡柏的一切都与她的相同，
但缺少哭声和对仇敌的骂声。   1460
画师非神，不能画她的舌头，
所以鲁克丽丝认为画师不公允，
画她这般悲痛却没画她的声音。

于是她说："可怜的无声琴哟，"
我要用我的舌头奏出你的悲苦，   1465
为普里阿摩斯的伤口敷上药膏，
责骂凶残的皮洛斯伤害你丈夫，
用我的泪浇灭特洛亚久燃的大火，
而对你的仇敌，所有希腊人，
我要用我的刀剜掉他们的眼珠。   1470

---

① 蓝色的血浆（blue blood）指王族或贵族血统，源自西班牙语 sangre azul，因拥有西哥特人血统的西班牙王室和贵族宣称其血统没有被肤色较深的摩尔人混染，所以透过其白皙的皮肤，浅静脉中的血液看起来似乎是蓝色的。

② 旧时西方生理学认为，过度忧郁会导致胆汁功能失调，从而使血液变黑。

"至于招致了这场灾祸的淫女①,
我要用指甲撕碎她的美丽面目。
愚蠢的帕里斯哟,你的淫欲
使特洛亚全城遭受烈火的愤怒;
是你的眼睛点燃了这熊熊烈火, 1475
看这特洛亚,就因你有眼无珠,
死去了多少兄弟姐妹、严父慈母。

"为何一人偷香窃玉、寻欢作乐
竟会使那么多无辜者遭受折磨?
既然是一人为非作歹,作奸犯科, 1480
就该让他独受惩罚,自吞苦果。
别让无辜的灵魂因负罪而悲伤!
因为一个人私下里犯下的罪
为何要株连全城,让众生罹祸?

普里阿摩斯崩殂,赫卡柏哭号, 1485
赫克托耳和特洛伊罗斯②双双栽倒,
浸血的壕沟里朋友们尸陈纵横,

---

① 淫女指海伦,参见本诗第 1369 行及其注释。
② 特洛伊罗斯,普里阿摩斯和赫卡柏的幼子,死于阿喀琉斯矛下。

兄弟阋墙,自相残杀,同室操刀,①
一个人的欲望让千百万人丧生。
若普里阿摩斯能抑制儿子的欲望,　　　　1490
特洛亚该享荣耀而不该被火烧。"

鲁克丽丝对画哀叹特洛亚的悲痛,
因为悲哀就像钟楼悬吊的巨钟,
一旦鸣响就会凭自身重量摆动,
钟舌轻轻一碰便碰出幽咽钟声。　　　　1495
鲁克丽丝就这样对着画中人物,
借画中人神态,假画中人声音,
幽幽咽咽地倾诉自己心中的哀恸。

她的目光缓缓扫视那幅绘画,
一看到谁可怜她就为谁伤心。　　　　1500
最后她看见一个被缚的可怜汉
骗取了一群牧羊人对他的同情。
他满脸忧虑中又透出默然顺从,
随那群牧羊人走向特洛亚城,

---

① 在延续 10 年的战争期间,希腊人和特洛亚人虽在战场上以仇敌身份厮杀,休战时却往往以朋友身份交往;两军将领中有的还有血缘关系,如赫克托耳和大埃阿斯就是亲表兄弟。参见《特洛伊罗斯与克瑞西达》第 4 幕第 5 场第 134—135 行(河滨版为 120—121 行)。

看上去他的耐性战胜了悲愤。　　　　　　　1505

画师对此人之用笔尤为巧妙,
用无辜的面孔掩盖了他的奸狡,
步履卑谦,神情安然,两眼含泪,
舒展着眉头似乎乐于受煎熬,
脸色不是太红,也不是太白,　　　　　　　1510
双颊泛红时不像是胸中有鬼,
面有土色时也看不出心惊肉跳。

他就像一条毋庸置疑的恶棍,
表面上却显得那么善良真诚,
连最有疑心的人也不会怀疑　　　　　　　1515
他那副胸襟里包裹有叵测之心,
谁也想不到诡计和虚伪的誓言
会让黑云暴雨闯入朗朗晴空,
或让这样一个圣徒担魔鬼罪名。

那高明画师画的这副温顺面孔　　　　　　　1520
便是发尽假誓、巧舌如簧的西农①,
其花言巧语令普里阿摩斯丧命,

---

① 西农(Sinon),希腊大军佯装撤退后尤利西斯留下来实施木马计的希腊英雄。他依计诈降,骗特洛亚人将埋伏有希腊精兵的木马拖进了城中。

146

又像烈火烧掉了特洛亚的光荣；
特洛亚之毁连上天也感到心痛，
群星见映其星容的宝镜被打破，　　　　1525
也纷纷迸离其星位，各自西东。

她若有所思地对画慢品细揣，
开始把画师高超的画技责怪，
认为西农的形象有点儿不对劲，
这么正派的人不可能心怀鬼胎。　　　　1530
她对那坦然的面孔越仔细端详，
越觉得真诚的迹象显现出来，
于是她断定这形象画得太失败。

"这不可能，"她想说"此等奸妄
不可能潜藏于这么真诚的面庞"，　　　　1535
可这时她脑际闪过塔奎的影子，
"不能潜藏"变成了"能够潜藏"。
于是她改了"这不可能"的下文，
接着说："奸妄不能潜于真诚，
除非善良面孔有一副邪恶心肠。　　　　1540

"当一身戎装的塔奎前来造访，
就和这画中狡猾的西农一模一样，
也这般忧郁疲惫，这般和善温良，

仿佛辛劳把他的精力全都耗光；
表面那么真诚，却把祸心包藏，   1545
恰如普里阿摩斯把西农款待，
我款待塔奎，使我的特洛亚灭亡。

"看哟，当西农任其鳄鱼泪倾泻，
特洛亚国王是怎样含泪哽咽！
普里阿摩斯老王你为何老不开窍？   1550
他流眼泪可是要特洛亚人流血！
他眼中是在冒火，不是在流泪，
因那些触你恻隐之心的滴滴泪珠
是团团火球要把你的城池焚灭。

"这种恶棍从地狱偷来魔鬼技艺：   1555
炽热的熊熊烈火在寒冷中寓居，
西农这般在其火中冷得发抖，
互不相容的水火这般融为一体，
只为了骗得受骗者鲁莽行事；
西农能设法用水烧毁特洛亚城，   1560
是因为他用泪骗了普里阿摩斯。"

此时她胸中不禁腾起熊熊怒火，
怒火使她失去自制，更怒不可遏，
于是她用指甲戳破了画上的西农，

把他比作那位卑鄙的不速之客——　　　　1565
那个使得她憎恶自己的恶魔；
随后她说"真傻！他被戳也不知痛"，
于是苦笑着缩回手指恢复了沉默。

她的悲伤像潮水不停地潮起潮落，
时间就这样在她的哀怨中消磨。　　　　　1570
她刚盼来了黎明，又渴望夜晚，
可不管是白天黑夜她都觉得难过。
人到伤心时总觉得度日如年，
悲哀也会疲竭，但却不会入睡，
不眠之人方知时间是老牛破车。　　　　　1575

但她陪那些画中人消磨的时间
早已不知不觉地从她心头溜过；
当她细细揣度那些人经历的痛苦，
自己的悲痛也在无意间减弱；
把自己的悲哀融进画中人物，　　　　　　1580
想到别人也遭受过同样的折磨，
虽不能治愈伤痛，但能使其缓和。

此时那位尽职的信差回家复命，
带回了主人科拉丁和一干贵人；
科拉丁发现鲁克丽丝身披丧服，　　　　　1585

而且围绕着她泪水未干的眼睛
像彩虹的内弧拖曳着两圈蓝影。
这样的虹挂在她阴云密布的脸上,
预示着新的暴风骤雨又在临近。

当神情忧虑的科拉丁见此情状, 1590
不禁诧异地细看妻子的脸庞,
只见她还噙着泪花的眼睛红肿,
脸上的灿烂已变成极度悲伤。
他一时间不敢问她何以如此。
夫妻俩恍若老朋友在异乡邂逅, 1595
都站着发呆,彼此揣度着对方。

最后他握住她没有血色的手,
关切地问:"你为何浑身发抖?
有什么不幸之事发生在你身上?
褪尽你脸上红颜的是什么烦忧? 1600
你为何身披丧服,满脸悲愁?
亲爱的,亲爱的,揭开这愁云,
说出你的忧伤,让我们替你解忧。"

在她哭诉强压在心的悲痛之前,
难以说出的哀伤使她声声悲叹, 1605
最后她终于准备好回应她丈夫,

含辱忍羞让丈夫和亲友了然,
她的名誉已经成了敌人的囚犯;
科拉丁和众亲友怀着沉重心情,
仔细地聆听她那番悲诉哀叹。 1610

现在这只在其水巢的苍白天鹅
开始为她必然的死亡唱出挽歌:
"这样的过失很难用语言说清,
任何借口都不能为此罪行开脱,
我心中的悲苦多于我的言辞, 1615
若用这疲惫的舌头把一切述说,
只恐我悲伤的故事会太长太多。

"那我就长话短说,繁事简述:
我的主人哟,我亲爱的丈夫,
一个陌生人半夜闯到这张床上, 1620
霸占了本属于你的枕席被褥;
接下来发生的罪孽不难想象,
他凭着威胁和暴力把我奸污,
天啦,你的鲁克丽丝无力抗阻。

"因为在那个死沉沉的可怕夜晚, 1625
那个陌生人悄悄溜进我的房间,
他一手举烛灯,一手持利剑,

轻声唤道:'醒来吧,罗马名媛,
来接受我的爱,满足我的情,
如果你敢抗拒我对你爱的欲望, 1630
我会让你蒙耻,让你的族人含冤。

"他说:'今宵你若不依我意,
我就杀死你家一名丑陋的奴隶,
然后我会让你殒命在这张床上,
并发誓说我是因为看见你俩同居 1635
才拔出利剑将奸夫淫妇杀死,
此举将为我赢得锄奸的美名,
而你付出的代价是声名狼藉。'

"惊于这番话我开始哭着求他,
可他却把我的胸膛置于利剑之下, 1640
说除非我忍气吞声,逆来顺受,
不然就休想再活命,休想再说话,
那样史册中将记载下我的耻辱,
这耻辱将永远流传在伟大的罗马:
鲁克丽丝与男仆通奸而被诛杀。 1645

"敌人那么强壮,而我这般单薄,
面对那强烈的恐惧我更加软弱,
当时由不得申诉人替公正辩护,

血腥的法官偏心眼不容我分说，
那红袍法官自己当证人发誓做证， 1650
说我可怜的美貌把他的眼睛抢夺，
而当法官被抢，犯人必遭冤祸。

"啊，请教我如何为自己开脱！
或至少让我有这样的台阶可下：
虽然我的肉体被这罪行玷污， 1655
可我心依然纯洁，依然忠贞无他，
它不曾被强暴，也不曾想过
要顺从强人欲望，水性杨花，
在这被污的躯壳里它依然无瑕。"

这时且看那遭窃的绝望店主， 1660
他垂着脑袋，喉头被悲哀梗阻，
双臂交叉胸前，悲哀在眼中凝固，
悲哀从刚刚变白的嘴唇间呼出；
他似乎想止住悲哀，开口说话，
但可怜他竭尽全力也于事无补， 1665
他发出的声音都被悲哀堵住。

像咆哮的激流加速穿过桥洞，
观水的目光会觉得它快如飞鸟，
但桥下漩涡会抑制它奔淌的速度，

使其又旋回使它加速的狭窄水道,　　　　1670
过桥前得反复回旋,汹涌咆哮;
科拉丁的叹息悲愤就这样拉锯,
叹出一口悲苦,又吸入一口苦恼。

鲁克丽丝注意到丈夫无言的悲苦,
便把他从不适时的狂怒中唤醒:　　　　1675
"亲爱的,你的悲苦令我悲上加悲;
雨水难消洪水,只会使其更汹涌。
你的悲苦令我的悲痛愈发剧烈,
那干脆让我的悲痛剧烈得足以
淹没这双泪眼,淹没我的悲痛。　　　　1680

"但为我之故,若我曾令你喜欢,
为曾经的鲁克丽丝,请听我言:
那个人是你我和他自己的敌人,
你要为我向他报复,刻不容缓,
就当你是在保护我免受那人凌辱,　　　　1685
虽这保护来迟,但定要叫他完蛋,
因对敌人的仁慈就是姑息养奸。"

"但在我说出他之前,各位大人",
她转向随科拉丁一道来的亲友,
"你们要以你们的名誉向我发誓,　　　　1690

154

一定要从速设法替我雪恨报仇；
用复仇的刀剑去追求公平正义，
因这是建立功勋，有正当理由，
骑士就应该为可怜的妇女出头。"①

闻此请求，出于高贵的天性，　　　　　1695
在场众人纷纷发誓表明决心，
替她报仇是武士应尽的责任，
都急于听她说出那仇敌的姓名。
但她说出那名字之前还有话说，
于是她话锋一转，询问众人：　　　　　1700
"强加于我的污点该如何洗清？

"既然我是在暴力下被迫犯罪，
那我此罪的罪名该如何判定？
我纯洁的心可否抵消这肮脏的罪过？
从而恢复我被人贬低的名声？　　　　　1705
有没有任何说法能替我开脱？
被弄浑的泉水都能够自己澄清，
我为何不能洗清强加于我的罪名？"

---

① 莎士比亚在此处似乎把中世纪的骑士精神搬到了古罗马。中世纪的骑士精神是：1. 把女子作为爱和美在人间的化身加以崇拜和保护；2. 扶助其他弱者和得不到保护的人；3. 无条件服从荣誉的原则；4. 无私地为邻里服务；5. 尊重个人的人格。

众人对此异口同声地做出回答,
说她灵魂之纯洁可洗清肉体污瑕;　　　　1710
她凄然一笑,随之背过脸去——
那张脸犹如一幅饱经风霜的绘画,
苦难掺和着泪水已深刻在脸颊。
"不,不行,"她说:"今后的贵妇,
谁也不会以我这辩辞要求免罚。"　　　　1715

随着一声似要炸开她胸膛的长叹,
她说出了塔奎的名字,"是他,是他,"
但除了这个"他"字挂在她舌尖,
她可怜的舌头一时间不能说话;
经过好一阵哽咽、啜嚅和挣扎,　　　　1720
她终于说出:"是他,就是他,
是他支配我这只手把我自己诛杀。"

言毕她向无辜的心插入致命的刀,
她的灵魂即从尖刀入鞘处出窍。
这一刀使灵魂摆脱了惶惶不安,　　　　1725
使其逃离了那座已被污染的囚牢。
悔恨叹息送一缕香魂直上云霄,
永恒的生命穿过她的伤口飞离,
把尘世的荣耀与耻辱一笔勾销。

眼睁睁看着鲁克丽丝举刀自尽， 1730
科拉丁与众人都惊得呆若木鸡，
直到看见鲜血，鲁克丽丝的父亲
才猛然一头扑向女儿的尸体，
布鲁图①从血泉中拔出那柄尖刀，
她的鲜血似乎也想报仇雪耻， 1735
刀一拔出就追着尖刀喷涌不息。

从她胸前刀口汩汩涌出的鲜血
随之像缓缓流动的河分为两道，
两条河渐渐延伸把她的尸体环绕，
尸体像刚刚遭受过洗劫的小岛 1740
在那可怕的洪水中，景象萧条。
她一部分血浆依然鲜红而纯净，
一部分发黑，那是因塔奎强暴。

发黑的血液凝固成悲伤的脸型，
周围渗出一圈水珠清澄晶莹， 1745
水珠好像是为污点哭泣的泪珠；
从此为了对鲁克丽丝表示同情，

---

① 参见本诗篇首"情节概要"及相关注释。

凝固的污血都会渗出澄液晶晶;①
而未被玷污的血液会依然鲜红,
像是为被玷污的血感到难为情。　　　　　1750

"女儿哟,女儿!"卢克莱修②哭道:
"你剥夺的生命本是我的珍宝。
既然父亲的翻版刻在孩子身上,
你这一死我的影子上哪儿去找?
我赋予你的生命不该这样结束,　　　　　1755
如果孩子们都让白发人送黑发人,
那父母与儿女的辈分就会颠倒。

"可怜的破镜,从你皎洁的镜面
我曾常看到我返老还童的容颜;③
可皎洁的镜面如今已黯淡无光,　　　　　1760
只会照出一张岁月磨蚀的老脸;
啊,你从你脸上抹去了我的影子,
打碎了我这面明镜所有的美艳,
我再也看不到我有过的韶华绮年。

---

① 以上 5 行描述的应该是血液凝固后血清分离的现象。血液从人体流出后会自然凝固成冻胶状血块,稍后血块逐渐收缩并渗出不能再凝固的浅黄色清澄液体,即血清。
② 鲁克丽丝的父亲。
③ 比较莎翁十四行诗第 3 首第 9—10 行:"你是你母亲的明镜,她从你身上／唤回了她青春时代那美好的四月"。

"若应该活下去的人反而早逝,　　　　1765
时间哟,你也终止吧,别再延长!
既然死神把青春少壮者征服,
又岂该让年迈老弱者苟活世上?
老蜂该死去,为幼蜂让出蜂房,
所以醒来吧,我可爱的鲁克丽丝,　　1770
醒来看父亲死,别让父亲看你早亡!"

此时科拉丁仿佛才从梦中惊醒,
求卢克莱修让开,让他来哭爱人;
他扑进鲁克丽丝身边冷却的血河,
要用那血红把他脸上的苍白洗净,　　1775
一时间他似乎像是要为她而殉情,
但男人的耻辱之心叫他活下去,
活下去为他爱妻之死报仇雪恨。

他灵魂深处极度的悲哀苦涩
使得他有口难言,张口结舌;　　　　1780
舌头怒于悲哀竟限制它的功能,
竟久久不让它说话使痛苦缓和,
于是挣扎着说话,可声音微弱,
微弱的声音难以倾诉心中悱恻,
因为谁也听不清他在说些什么。　　1785

可有时"塔奎"二字发音清晰,
他咬牙切齿像要撕碎这名字。
这阵狂风在化为汹怒暴雨之前,
抑制着他的悲潮。令其更恣肆。
最后狂风终于减弱,暴雨骤至, 1790
于是女婿和岳父开始了恸哭比赛,
看谁哭得伤心,为爱女或为爱妻。

两个男人都声称拥有鲁克丽丝,
但谁也不能独享他所声称的权利。
父亲说"她是我的",丈夫则说: 1795
"她只属于我,她只是我的,
请不要剥夺我为她哀伤的专利,
请垂泪者都不要说是为她而垂泪,
因为只能由科拉丁来为她哭泣。"

卢克莱修说:"是我赋予她生命, 1800
可她把这生命结束得太早太急。"①
科拉丁悲呼:"天啦,她是我妻,

---

① 此行原文中的"too early and too late"易被误解成"太早而又太迟",其实莎翁作品中用 late 代 lately 的情况屡见不鲜,而 too lately(=too recently)在此语境中应作"太快"解,如《亨利六世下篇》第 2 幕第 5 场第 92—93 行"O boy! Thy father gave thee life too soon,/ And hath bereft thee of thy life too late"(唉,孩子! 你父亲生你太早,/ 而失去你又太快)。

她结束的宝贵生命是属于我的。"
"我的女儿""我的妻"声声交错,
声称拥有她生命的喊声震动空气,   1805
空气回应道"我的女儿""我的妻"。

从鲁克丽丝胸间拔出刀的布鲁图
眼见二人只顾表达其悲伤痛苦,
便把愚拙的伪装埋进死者的创口,
开始恢复他睿智而庄重的面目。   1810
长久以来他在罗马人的心目中
不过是逗国王开心的弄臣玩物,
只会插科打诨,看上去稀里糊涂。①

可现在他揭开掩饰他才智的伪装,
那伪装曾把他的深谋远虑深藏;   1815
这时他用他已久藏不露的智慧
去止住科拉丁眼中的泪水流淌。
"起来吧,"他说,"蒙冤的罗马人,

---

① 据李维《罗马史》(*The History of Rome*)记载,相传布鲁图曾陪两位表兄弟(罗马第七代王塔奎尼乌斯之子)前往德尔斐神殿求阿波罗神谕,神谕说:"你们中最先亲吻母亲者将统治罗马。"两个王子抽签决定该谁先去吻母后。布鲁图参透神谕(母亲指大地),在回罗马的途中故意跌倒,抢先亲吻了大地。为掩饰其将统治罗马的雄心,此后佯装呆痴愚拙骗取信任,避免了杀身之祸。在拉丁语中,Brutus(布鲁图)有"愚笨"之义。

让我这个公认的不知深浅的傻瓜
来为你这有经验的智者把课上上。　　　1820

"科拉丁哟,谁见过以愁消愁?
又有谁见过以伤治伤,以忧解忧?
你美丽的妻子被那条恶棍残害,
你自己捅自己一刀就算是报仇?
这种孩子气的行为乃弱者所为,　　　1825
你可怜的妻子就不应该自杀,
因为她该杀的是她的冤家对头。

"罗马的勇士,别让你的雄心
在这种悲哀软弱的泪水中消泯;
担当起你的责任,与我一道跪下　　　1830
用祈祷把我们罗马的诸神唤醒,
既然罗马因这些恶人而被玷污,
那就祈求诸神允许我们用刀枪
将这些污秽从罗马街头清除干净。

"凭着我们崇拜的卡匹托尔山①,　　　1835
凭着这摊被恶棍玷污的血迹,
凭着哺育大地万物的杲杲太阳,

---

① 卡匹托尔山是位于罗马城中的一座小山,山上建有朱庇特神庙。

凭着我们罗马人神圣的权利,
凭着鲁克丽丝蒙冤含屈的灵魂,
凭着这柄还沾满她鲜血的利刀,   1840
为这贞女烈妇报仇,我们宣誓。"

言毕他把一只手摁在自己胸前,
并亲吻那柄利刀,以此结束誓言;
然后他要求众人与他一道盟誓,
而惊于他所为的众人都心甘情愿。   1845
于是众人都俯身屈膝跪在地上,
由布鲁图领着一道对天发誓,
把他刚才那番誓言又重复了一遍。

他们发誓要为鲁克丽丝昭雪申冤,
要进行这场经众人审议过的审判,   1850
决定将她染血的尸体送罗马巡游,
以此昭示塔奎犯下的深重罪愆。
这项计划终被雷厉风行地实施,
罗马民众群情激愤,一致赞成
把塔奎家族驱逐,直至永远永远。   1855

十四行诗集

谨祝

本集十四行诗之

唯一作者

W. H. 先生

尽享

吾辈之不朽诗人所诺之

千秋洪福

万古盛名

好心而冒昧的

出版人

于

付梓之际

T. T.[①]

[①] "T. T." 是出版人 Thomas Thorpe（托马斯·索普）的姓名缩写。"W. H." 很可能是"W. S."的印刷错误，而 W. S. 是 William Shakespeare（威廉·莎士比亚）的姓名缩写，故献辞中的"W. H. 先生"实际上是指"威廉·莎士比亚先生"。"好心而冒昧"之说恐暗示托马斯·索普出版这个诗集并未获得"本集十四行诗之唯一作者"莎士比亚的授权。

1

我们祈盼生命从绝色中繁生,
这样美之蔷薇就永不会消失,
但既然物过盛而衰皆有时令,
就该为年轻的后代留下记忆:
可你却要娶自己的灿灿明眸,　　　　5
凭自身的燃烧维持你的光焰,
对自己太狠,做自己的对头,
在丰饶之乡制造出饥月荒年。
你今朝能为这世界傅彩增光,
唯有你能够预报阳春之回归,　　　　10
你却于自身蓓蕾把美质掩藏,
小气鬼哟,你因吝啬而浪费。
　可怜这世界吧,不然你这饕餮之徒
　将与坟墓一道吞噬世界的应得之物。

2

当四十个严冬把你的额顶围击,

在你那片美之原野上掘出深沟,
你今朝令人瞩目的青春之美衣
将变成破襟烂衫,不值得凝眸;
那时若有人问起你的美在何处, 5
你锦瑟年华所有的瑰宝在何方,
你只会说在你自己深陷的双目
埋着贪婪之羞愧和无利的颂扬。①
若你能回答"我这漂亮的孩子
将替我清账,为我的老迈申辩", 10
并用你的遗产来证明他的美丽,
那么你对美的利用多值得称赞!
 这种美在你垂暮之年将被更新,
 你感到血冷时会重见热血沸腾。

3

照照镜子,告诉你看见的那张脸
如今已到了再塑一副面庞的时辰;
你现在若不让它的俊美另展新颜,
你就欺骗了世界,坑了某个母亲。
因为哪儿有未识云雨的闺中尤物 5
会拒绝你去她那片处女地上耕耘?

---

① 第4—8行暗引《圣经·新约·马太福音》第25章第14—30节中论才行赏的寓言。在那则寓言中,作为主人的上帝把财产分给三名仆人,其中二人利用钱赚钱受到上帝奖赏,另一人因把钱埋入地下不加利用而受到上帝惩罚。

又有哪位男子会愚蠢地自掘坟墓，
仅因为自爱自恋就甘愿断子绝孙？
你是你母亲的明镜，她从你身上
唤回了她青春时代那美好的四月： 10
所以哪怕皱纹满面，从暮年之窗
你仍然会看到你今天的黄金时节。
　　但若你人生一场不是为了被怀念，
　　就自个儿去吧，和你未铸的翻版。

4

暴殄天物的人哟，你为什么
把你那份美的遗产一人独吞？
自然之财不贷出就无利可获，
她总是慷慨地借给大方的人。
那你这吝啬鬼哟，为何糟蹋 5
她托你转送他人的丰厚馈赠？
无用的放债人哟，为何能花
那么一大笔钱财却不能生存？[①]
因为你既然只与自己做买卖，
这就等于在欺诈可爱的自己。 10
那么，当天道让你呜呼哀哉，

---

① 参阅《威尼斯商人》第4幕第1场第374—377行夏洛克语："你们夺去我赖以生存的本利，就是活活要我的命。"

你留下的账目怎能令人满意?
　你未加利用的美得随你入土,
　而用过的美则活着执行遗嘱。

5

那些时令,那些曾用精湛的工艺
造就了这众人瞩目的明眸的时令,
也终将对这同一双眸子横施暴戾,
而且让超凡绝伦的美艳不再迷人;
因为永不停息的时光总会把夏天　　5
引到可怕的冬季并把它毁在那里;
严霜扼杀生机,青枝绿叶均不见,
冰雪掩埋美景,满目皆荒凉凄迷;
到那时,倘若没留下夏日的精髓,
没留下提炼的香露因于水晶高墙,　10
美之风韵就将随美一道香消色褪,
无论美和美的记忆都将被人淡忘。
　可经过提炼的香花纵然面对严冬,
　也只失却其表;而美质依然永恒。

6

那么,在你的精髓被提炼之前,
别让严冬的魔掌毁掉你的夏日。
让某个玉瓶藏香;把你的美艳

珍藏于某个地方,趁其未消失。
这样的利用并非被禁止的放债, 5
它能使甘愿纳息的借债人幸福;
那利息就是要再生出一个你来,
或十倍的利息生出十倍的满足;
如果你有十个酷肖绝似的自己,
那么你将会比现在快活上十倍; 10
那时死神能做啥,即便你离去,
你也会在后代中活上千秋万岁?
　别执迷不悟,因为你实在太美丽,
　不该被死神征服并让蛆虫做后裔。

7

瞧!当高贵仁慈的太阳在东方
举起它燃烧的头,每一双眼睛
都对它初升时的壮观表示敬仰,
都用目光去恭迎它神圣的莅临;
而当它攀上陡峭的苍穹之顶峰, 5
当它就像从花信年华步入鼎盛,
世人的目光依然仰慕它的美容,
依然追随它那金光灿灿的行程;
但当它车殆马烦,像孱弱老者,
从白昼之巅峰蹒跚着向晚投暮, 10
原来恭顺的目光便都纷纷转移,

不去看它末路穷途而另观他物:
　　同样,当你一旦过了壮年盛时,
　　就会湮灭无闻,除非你有后嗣。

8

听音乐,你为何听音乐会悲郁?
快活不伤快活,欢笑喜爱欢笑。
你为何喜欢你不愿接受的东西,
或为何要心甘情愿地接受烦恼?
假若几个悦耳的声部和谐相配,　　　　5
构成真正的复调把你耳朵冒犯,
它们也只是在轻言细语地责备
你用孤弦糟蹋你本该奏的和弦。
请听一根弦与另一根弦相呼应,
怎样用协调的和声演奏出音乐,　　　　10
就像父亲、儿子和快乐的母亲,
异口同声地唱着一支动听的歌。
　　他们的无字之歌似乎异调同音,
　　对你唱着:"你弦孤终难曲成。"

9

难道是担心让一名寡妇流泪,
你才孑然一身消耗你的生命?
哦!假如你不留后代就西归,

这世界会像个嫠人痛哭失声；
它将是你的遗孀并永远悲叹　　　　　5
你没有在身后留下你的音容，
而其他孤孀能凭孩子的双眼
把她亡夫的模样珍藏在心中。
请看奢侈者一世挥霍的财富
只是被易手，世人依然享用；　　　　10
但美之消耗在人间终有限度，
若闲置不用就等于将其葬送。
　　如此不顾羞耻而自戕的胸怀
　　对他人绝不会怀有丝毫的爱。

10

知羞吧！别说你有爱人的情怀，
既然你对自己都这么毫不顾惜。
你若愿意就承认你被许多人爱，
可你并不爱任何人却毋庸置疑；
因为你心中缠附着怨恨之恶魔，　　5
以致你毫不犹豫地与自己作对，
企图要摧毁你那座美丽的寓所，①
而你本来应该把它修缮得更美。
回心转意吧，好让我刮目相看！

---

① 此处"美丽的寓所"系指肉体，即灵魂之寓所。

难道怨恨比柔情更值得居美屋？ 10
像你貌美一样，让你的心也善，
或至少证明你对自己怜恤眷顾；
　　创造另一个你吧，为了我的爱，
　　这样美将永存于你和你的后代。

11

如你将很快地告别青春而衰朽，
你也会很快地从孩子获得新生；
你青春时代所赋予的新的血肉
仍将属于你，当你告别了青春。
这样智慧、美丽和繁盛将永驻， 5
反之则只剩愚蠢、老迈和衰微；
若都不思繁衍，时代就会止步，
六十载光阴就会把这世界摧毁。
就让那些丑陋平庸的凡夫俗子，
那些造化无意保存者无后而亡： 10
造化最宠爱者得到最多的恩赐；
对她慷慨的馈赠你应好好珍藏：
　　她把你刻成她的玉印并且企盼
　　你多多盖印，而不要毁了印鉴。

12

当我计算着时钟报出的时辰，

见杲杲白昼坠入狰狞的黑夜；
当我看到紫罗兰终香消色尽，
乌黑的青丝变成了皓发如雪；
当我目睹巍巍大树叶落枝秃， 5
再不能用其绿荫把牧人弇遮；
当夏日青苗被捆成一束一束，
挺着灰白的须芒被装上柩车，
这时候我就会想到你的美丽，
想到你终将步入时间的荒野， 10
因为明媚鲜妍总有飘落之时，
一见新蕾初绽自己便会凋谢；
　而时间的镰刀谁也没法抵挡，
　唯生息能于你身后与之对抗。

13

愿你永远是自己！可我的爱友，
你终久会失去自身而告别红尘：
对这将临的末日你该未雨绸缪，
该把你俊美的容颜移交给他人。
这样，你以租赁方式获得的美 5
就永远不会到期，而且你自己
在寿终正寝之后又将再绽新蕾，
那时你的孩子将具有你的容姿。
谁会让一座如此美的寓所倾倒，

当体面的节俭就可以把它支撑, 10
就可以抵挡住严冬的骤雨狂飙
和死神那寒彻人寰的恣意肆行?
　　只有败家子才会这样!我的爱友,
　　你知你有父亲;让你儿子也说有!

14

我做出判断并非是根据星宿;
虽然我认为自己也懂得占星,
但并不能用其推算吉凶休咎,
或预测瘟疫饥荒和四时年景;
我也不能筮一朝一夕之天道, 5
卜示每一个时辰的雷电风雨,
或说出王公们是否吉星高照,
据我常从天象中发现的预示:
但从你的明眸我获得这学问,
从那两颗恒星我增长了见识: 10
真和美将相依相随滋蔓繁盛,
只要你肯回心转意娶妻生子;
　　否则对你我只能够这样预言:
　　你的死期就是真与美的大限。

15

当我想到生长于世间的万物

繁荣鼎盛都不过在朝夕之间,
而这座巨大舞台上演的剧目
无不受制于星宿无声的褒贬;
当我看到世人像草木般蕃息, 5
甚至被同一苍昊劭励和惩戒,
少时气盛争荣,过盛而衰替,
靡丽纷华终成烟云被人忘却;
于是我对这无常浮生之领悟
便把正值绮年的你唤到眼前, 10
便看见无情岁月与衰颓共谋,
要把你青春的旦昼变成夜晚;
　我要同时间抗争,为了爱你,
　它把你摧折,我接你于新枝。①

16

但你为何不以更有力的方式
去反抗时间这个血腥的暴君?
不采用比拙笔更有效的措施
来防止衰老,焕发你的青春?
现今你站在盛时之巅峰云崖, 5
而许多未经种植的处女花园

---

① "接枝"原文为 engraft, 此英文字之希腊词语根 graphein(γραφή) 意为"书写", 末行双关寓意由此而生。

正期盼孕育和你一样的琪花，
比你的肖像更酷似你的玉颜：
这样生命之线便可重铸生命，
而无论时代之笔或我的拙笔， 10
不管绘内在之美或外貌之俊，
都无法使你活在世人的眼里。
　　舍弃你自身仍可保持你自身，
　　而你必须凭自己的妙技永存。

17

在未来之日谁会相信我的诗文，
即使通篇都是对你优点的赞歌？
唯有上天还知道它是一座坟茔，
埋着你的生命，难显你的本色。
纵然我能够写出你眼睛之漂亮， 5
用清词丽句绘尽你的俊秀翩然，
将来的人也会说"这诗人撒谎；
神笔天工绝不刻画凡夫的容颜"。
于是我这些被岁月染黄的诗章
会被当作聒絮的老叟遭人嘲笑， 10
你应得之赞美则成诗人的狂想，
被说成是一首夸张的古老歌谣：
　　但如果那时你有个孩子活在凡尘，
　　你将在他身上和我诗里双重永生。

18

我是否可以把你比喻成夏天?
虽然你比夏天更可爱更温和:
狂风会使五月娇蕾红消香断,
夏天拥有的时日也转瞬即过;
有时天空之巨眼目光太炽热, 5
它金灿灿的面色也常被遮暗;
而千芳万艳都终将凋零飘落,
被时运天道之更替剥尽红颜;
但你永恒的夏天将没有止尽,
你所拥有的美貌也不会消失, 10
死神终难夸口你游荡于死荫,①
当你在不朽的诗中永葆盛时:
 只要有人类生存,或人有眼睛,
 我的诗就会流传并赋予你生命。

19

贪婪的时光哟,去磨钝狮爪吧,
并让大地吞噬自己可爱的子孙;
从凶猛的老虎口中拔出其利牙,
让不死鸟断种绝根被烧成灰烬;②

---

① 参见本书《维纳斯与阿多尼》第 1001 行相关注释。
② 莎士比亚让传说中的不死鸟死掉,又见于他的短诗《凤凰和斑鸠》。

似箭的光阴哟,任你恣意妄为,   5
让四季在你的飞逝中悲欢交迭,
让世界和世间尤物都花谢花飞;
但我不许你去犯这桩滔天罪孽:
别把岁月之痕刻在我爱友眉间,
别用你老朽的画笔在那儿涂抹;   10
请容他在你的行程中纤尘不染,
为人类后代子孙留下美之楷模。
  但老迈的时间哟,不管你有多狠,
  我爱友仍将在我的诗中永葆青春。

20

你有大自然亲手妆扮的女性的脸,
你哟,我苦思苦恋的情妇兼情郎;
你有女性的柔情,但却没有沾染
时髦女人的水性杨花和反复无常;
你眼睛比她们的明亮,但不轻佻,   5
不会把所见之物都镀上一层黄金;[①]
你集美于一身,令娇娃玉郎拜倒,
勾住了男人的眼,惊了女儿的心,
大自然开始本想造你为红颜姝丽,
但塑造之中她却为你而堕入情网,   10

---

① 诗人似乎视"镀金"为一种恶习。请参见第55首1行,第101首第11行。

心醉神迷之间她剥夺了我的权利,
把一件对我无用的东西加你身上。
　但既然她为女人的欢娱把你塑成,
　就把心之爱给我,肉体爱归她们。

21

我写诗与那位诗人截然不同,
他一见脂粉红袖就大发诗兴,
会用苍天来把他的佳丽形容,
会举种种美物来夸他的美人;
比喻不惜牵强附会靡丽虚华,　　　　　5
比什么日月山川和瀛海珠玉,
比什么四月迎春初绽的鲜花,
以及这浩浩宇宙间所有珍奇。
哦,既然我真爱就让我真唱,
那么请相信我,我爱友俊美,　　　　　10
和天下母亲的孩子一样漂亮,
虽不如天上的金烛那般明媚。
　让爱吹嘘的诗人去说尽空话;
　并非卖瓜的我不会自吹自夸。

22

镜子不会使我相信我已衰朽,
只要青春仍然与你相伴相依;

但当你脸上出现岁月的犁沟,
我就会预见我即将与世长辞。
因为包裹着你的那全部的美, 5
不过是我这颗心合体的衣袍,
我心于你正如你心存我胸内:
那么我怎么可能比你更衰老?
所以哟,爱友,请多多保重,
像我自珍是为你而并非为我; 10
怀着你的心,我会心无二用,
像慈母为爱婴时时提防病魔。
　别以为我心死去你的心不碎,
　你既然把心给我就休想收回。

23

像名功底不足就登台的倡优,
由于怯场而忘了自己的台词,
像一头过分气势汹汹的猛兽,
气急败坏反倒令它心神惶遽,
我就这样因缺少自信而发愫, 5
忘记了运用情场完美的辞令,
不堪承受自己心中爱之重负,
我爱情的力量似乎衰退殆尽。
哦,那就让我的诗能言善辩,
做我一腔衷情之无声的信使, 10

它会释我爱心并求更多报还,
多于絮叨的舌端获得的赏赐。
  请学会解读默默的爱所写所书:
  请学会用眼睛来听爱心之深处。

24

我的眼睛在扮演着一名画师,
在心之画板上绘下你的倩影;
这幅肖像的画框是我的身躯,
而透视法是画师的高超技能。①
因为要发现藏你真容的地方,　　　　5
你得透过画师去看他的功夫;
这幅画永远挂在我心之画廊,
画廊窗户镶着你的灿灿明目。
看眼睛和眼睛怎样互施恩惠:
我的眼睛描绘出了你的形体,　　　　10
而你的明眸是我心灵之窗扉,
太阳爱透过这窗口把你窥视;
  不过眼睛还应该完善这门技巧:
  它们只画外观,内心却不知道。

---

① 英文 perspective(透视)一词之拉丁词根 perspicere 之本意为"看穿",故有下文。

25

让那些有吉星高照的家伙
去夸耀其显赫的声名头衔,
而命中注定无此殊荣的我
则不为人知地去爱我所恋。
帝王的宠臣展叶沐浴皇恩, 5
但就像太阳光下的金盏花,
其绚烂富丽总会葬于自身,
天一阴它们就会失尽荣华。
沙场名将即便是劳苦功高,
若百战百胜之后一旦败北, 10
也会从荣誉簿上被人勾销,
以往的功勋也都烟灭灰飞。
  爱而且被爱,那我真幸运,
  我既不会失宠也不会移情。

26[①]

我所敬慕的阁下,你的德行
使卑臣甘愿为你效犬马之劳,
我向你奉上这纸写就的书信,
是表示忠顺而非把文才炫耀。

[①] 莎学家们将此诗视为《十四行诗集》前25首之跋、后5首之序,并注意到此诗的语气和措辞与《鲁克丽丝受辱记》之献辞相似。

我一片耿耿忠心但才疏学浅,　　　　　5
词贫句拙,或难表恭顺之意,
但我仍祈望阁下你别具慧眼,
把这质朴的心意嘉纳于心底;
直到某颗指引我旅程的星宿
用吉祥的星光使我运转时来,　　　　10
并为我寒碜的爱心披上锦裘,
以证明我值得蒙受你的青睐。
　那时我也许敢夸耀我多么爱你;
　在此之前我不敢露面让你证实。

27

不堪疲惫,我匆匆上床就寝,
好好安歇我旅途困顿的身躯;
但这时脑海里又开始了旅行,
使心灵劳累,当身体在休息;
因此刻我的思绪欲把你朝拜,　　　　5
不惜历尽天涯之路到你身边,
所以强迫我的睡眼勉强睁开,
可看到的是盲人眼前的黑暗:
唯有我心灵那双想象的明目
把你的身影呈现于我的盲眼,　　　　10
像一颗宝石高悬在森森夜幕,
使黑夜变美丽,旧貌变新颜。

瞧，白天是我身，夜晚是我心，
为你为我而得不到平静与安宁。

28

那么我怎能高高兴兴地回返，
既然失去了休息安歇的福分，
既然白天的压迫不为夜减缓，
而日夜交替的暴虐没有穷尽？
尽管日夜各自为阵不共戴天，　　　　　5
但为了把我折磨却沆瀣一气，
白天用劳役，黑夜令我愁叹，
我得累多久，总这么远离你。
我取悦白天，说你灿烂辉煌，
当乌云蔽日时你能使它明媚；　　　　10
我讨好黑夜，说星星若不亮，
你甚至也能够使它熠熠生辉。
　可白天一天天拖长我的烦忧，
　而黑夜一夜夜加深我的离愁。

29

逢时运不济，又遭世人白眼，
我独自向隅而泣恨无枝可依，
忽而枉对聋聩苍昊祈哀告怜，
忽而反躬自省咒诅命运乖戾，

总指望自己像人家前程似锦， 5
梦此君美貌，慕斯宾朋满座，
叹彼君艺高，馋夫机遇缘分，
却偏偏看轻自家的至福极乐；
可正当我妄自菲薄自惭形秽，
我忽然想到了你，于是我心 10
便像云雀在黎明时振翮高飞，
离开阴沉的大地歌唱在天门；
　因想到你甜蜜的爱价值千金，
　我不屑与帝王交换我的处境。

30

每当我把对前尘往事的回忆
传唤到审理冥想幽思之公堂，
便会为残缺许多旧梦而叹息，
昔年伤悲又令我悲蹉跎时光；
于是我不轻弹的眼泪会奔涌， 5
哭被死亡之长夜掩埋的故友，
伤早已经被注销的爱之伤痛，
又哀许多早已经支付的哀愁；
于是我会为昔日冤情而悲叹，
重述一段段不堪回首的痛苦， 10
仿佛那伤心的旧债未曾偿还，
而今我又伤伤心心重新支付。

但我此时若想到你，我的爱友，
一切便失而复得，顿消许多忧。

31

你的心因众心所爱而更可爱，
我本以为消逝的众心已死去，
原来爱和爱之美质藏你胸怀，
我以为已埋的朋友在你心底。
有多少伤逝悼亡的圣洁泪珠 5
已被虔诚的爱从我眼里偷走，
用以祭奠死者，可亡人失物
如今似乎全都埋藏在你心头！
你原来是座藏情纳爱的坟墓，
缀满我昔日爱友的遗琴坠屐， 10
他们把我献的祭品向你奉出：
而今你独享众人应得的爱意。
　　我在你身上看见了他们的身影，
　　你是他们全体，拥有我整颗心。

32

假如我寿终正寝后你尚在世，
当粗鄙的死神把我埋入黄土，
那时你若偶然翻开我的遗诗，
重读你亡友这些粗陋的词赋；

当你把拙笔与后世华章比较,　　　　　5
发现每一新篇都远胜过它们,
请你为了我的爱而保存拙稿,
虽它们不及幸运天才的妙文。
哦,那时请赐我这一份爱意:
"吾友之缪斯若能生在今朝,　　　　　10
他的爱能写出更华美的诗句,
能与盛世诗豪词杰共领风骚;
　但他已去,而时人更富文采,
　那我品今贤才藻,读他的爱。"

33

多少个清晨我见辉煌的旭日
用至尊至贵的目光抚爱山丘,
用金色的脸庞亲吻青青草地,
用镀金神术涂抹黯淡的溪流;
可不久他又容许卑贱的乌云　　　　　5
伴丑陋的阴霾飘上他的圣颜,
转脸不顾这可怜的茫茫凡尘,
不体面地偷偷摸摸溜向西天。
我的太阳也曾经在一天清晨
把他的万道光辉洒在我头上,　　　　10
可是哟,他只给我片刻光明,
而今天上的乌云已把他遮挡。

但我的爱心不因此而把他鄙视，
天上的太阳可污，何况这人世。

34

你为何许给我那种朗朗晴日，
哄我不披上斗篷就出门旅行，
让卑鄙的云雨对我半路突袭，
用腐臭的阴霾遮掩你的光明？
现在你即便冲出乌云也无效， 5
把我脸上的雨水晒干也不足，
因为无人会称道这样的药膏，
它只医创伤，却洗不去羞辱。
你的愧赧无法治愈我的伤心；
我已蒙耻含垢，尽管你后悔。 10
对于背负耻辱之十字架的人，①
伤害者歉疚只是菲薄的抚慰。
　唉，但你的爱洒下的泪是珍珠，
　其珍贵已足够把你的劣行尽赎。

35

别再为你的所作所为而痛苦：

---

　① 此行语出《圣经·新约·马太福音》第10章第38节，"不背负其十字架跟随我者，不配做我的门徒"。

玫瑰尚有刺,清泉尚有淤泥,
日月尚被乌云和亏蚀所玷污,
娇蕾中尚有可恶的毛虫藏匿。
凡人孰能无过,我也有差谬,　　　　　5
竟用比喻来为你的劣行开脱,
收买我自己来掩饰你的罪尤,
宽恕你那本不该宽恕的大错;
由于要替你把风流劣迹遮掩,
你的原告成了你的辩护律师;　　　　10
我对自己开始进行合法抗辩。
爱憎之内战就这样在我心里,
　结果我不得不成为一名同谋,
　去帮助那个盗我温柔的小偷。

36

让我承认我们俩必须得分手,
尽管我们不可分的爱是一体,
这样那些蒙在我身上的污垢
无须你分担而由我独自担起。
我俩的爱中只有相互的敬重,　　　　5
尽管我俩的命中有离怨别恨,
离别虽然不能改变爱之特征,
却能从爱的欢乐中偷去良辰。
我再也不会承认你我的友谊,

唯恐我可悲的罪过使你蒙羞,　　　　10
你也不该再当众给我以礼遇,
除非你甘心让你的名声含垢。
　　但你别这样做;我是如此地爱你,
　　以至你属于我,也包括你的名誉。

37

像一位衰老的父亲总是喜欢
看到他活泼的孩子建功立业,
所以我虽然被厄运伤害致残,
却因你尽善尽美而感到慰藉;
因为在你的高贵的美质之中,　　　　5
无论是美貌或出身首屈一指,
还是财富智慧或一切都出众,
我都会把爱嫁接于这棵繁枝。
这样我就不残不穷不被小看,
只要这片虚影投下如此实情,　　　　10
使我在你的富足中感到如愿,
并借着你一份荣光安身立命。
　　我唯愿世间至善至美聚你一身,
　　遂此心愿,那我将十倍地幸运。

38

我的诗兴怎会缺创作之主题,

当你还活着，正为我的诗章
倾注你自身温馨甜美的意趣，
精妙得使平庸诗客没法吟唱？
哦，谢你自己吧，若我诗中　　　　　5
尚有些佳词妙句值得你赏玩；
因为谁会笨得竟不为你咏诵，
当你亲自为他注入诗思灵感？
做第十位缪斯吧，你比人们
所祈求的九位诗神高明十倍；　　　10
对向你祈求灵感的这位诗人，
就让他写出的诗篇万世永垂。
　我微薄之才若能取悦这挑剔之世，
　　那辛苦归于我，而赞美则归于你。

39

哦，我如何能恰当地把你歌颂，
既然你是我自身更好的那部分？
我自己赞美自己对我有什么用？
而我赞你岂不正是赞美我自身？
单凭这点也该让我们星离云散，　　5
让我们的挚爱名义上一分为二，
只有这般别离之后我方能奉献
你应该独享且值得独享的赞歌。
别离哟，你将会给我多少惆怅，

若你残酷的闲暇不容我有假期,　　　　10
不容我在爱的思念中度过时光,
这般甜蜜地蒙混过时间和思绪,
　　若你不教我怎样使孤影成双对,
　　凭借在此间睹物思人把他赞美!

40

拿吧,爱友,把我所爱全拿去;
掂掂比你所拥有的爱又多几分?
别无他爱能被你唤作痴心笃意,
夺此爱之前你已拥有我全部情。
所以你若是为爱我而纳我所爱,　　　　5
我不能因你享我所爱把你责备;
但若你爱我是自欺就该受指摘,
因为你故意贪尝你不欲之芳菲。
我恕你窃玉偷香,温柔的小偷,
尽管你已偷去了我仅有的财物;　　　　10
可爱心知道爱之伤痛最难忍受,
它比仇恨公开的伤害更添痛苦。
　　风流的美哟,使劣行也显风流,
　　请伤害我吧;但我们绝不为仇。

41

你的放荡不羁犯下的香尤艳罪,

当你偶尔忘掉我时的浪漫春情，
与你的貌美和年少都相宜相配，
因为你无论到哪儿诱惑都紧跟。
你温柔高贵，所以被裙钗夺取； 5
你英俊潇洒，所以遭巾帼围攻；
而当女人求欢，凡女人的儿子，
谁能狠心离去而不圆她的春梦？
唉！可是你不该偷占我的鹊巢，
而该谴责你的美貌和风流绮年， 10
是它们勾引你四处去拈花惹草，
从而驱使你毁了一个双重誓言：
　　她背信，因你的美诱她委身于你，
　　你弃义，因你的美对我并不真实。

42

你占有她，这并非我全部烦忧，
虽然可以说我爱她曾情深似海；
她占有你，才是我悲伤之缘由，
这爱的失却才是更直接的伤害。
爱的伤害者哟，我替你俩分辩： 5
你爱她是因你知道我对她钟情，
而她也正是为了我才把我欺骗，
才容我朋友为了我而试用其身。
若我失你，所失乃我情人所获，

若我失她,你已经找到我所失, 10
而我失去你俩,你俩互相获得,
双双为我而让我把十字架背起:
　可快乐就在这儿:你我本是一体。
　多妙的迷惑!那她爱的是我自己。

43

我眼睛闭得越紧就看得越清晰,
因为它们白天所见都极其平常;
而当我入睡,它们在梦中看你,
遮暗的目光便被引向黑暗之光。
可既然你的身影能够照亮黑暗, 5
让紧闭的眼睛也感到灿烂辉煌,
那但愿你身影之形体能在白天
用你更亮的光形成更美的形象!
我说既然在死寂之夜你的倩影
能穿透沉睡逗留于紧闭的睡眼, 10
那但愿我的眼睛被赐予这荣幸:
能在充满生气的白天把你看见!
　若是看不见你,白天也像夜晚,
　梦中与你相会,夜晚也是白天。

44

假若我这笨重的肉体是思绪,

有害的距离就不能把我阻挡；
因为那时我会不顾迢迢千里，
从天涯海角飞往你住的地方。
那时我即便远离你也无妨碍， 5
纵然浪迹穷边绝域也不要紧；
因为敏捷的思绪会翻山越海，
只要它一想到该往何处飞奔。
可我非思绪，此念令我心碎，
我不能越迢迢关山把你寻觅， 10
我的生命中有太多的土和水，①
我只能用哀怨悲叹侍奉时机，
　　这两种重浊的元素别无所赐，
　　唯有咸泪，两者悲哀的标记。②

45

我另外两种元素乃轻风与净火，
前者是我的思绪，后者是愿望，
它们与我若即若离，来往穿梭，
无论我居何处它们都伴你身旁；
当这些轻灵的元素离我而外出， 5

---

① 古代西方哲学认为风、火、水、土是构成一切物质的四大元素，风与火轻灵，水与土重浊。
② 泪属水，泪中之盐属土，故有此说。

作为温柔的爱之信使去你身边,
我生命之四大元素便只剩水土,
忧愁悒郁便压我堕向死亡深渊,①
直到飞去的信使从你那里返回,
使我生命之结构重新恢复完整;   10
此时此刻它俩恰好又一次回归,
正在向我保证说你一切都康宁。
  我闻此讯而喜;可欣喜不长留,
    我再送它俩回返,于是又生忧。

46

我的眼睛与心灵正在拼命争斗,
以决定如何瓜分所俘获的尊颜;
眼睛要阻止心把你的肖像取走,
而心灵欲剥夺眼对你的探访权。
心灵申诉说你在它的深处幽居,   5
那是个明眼从不去偷看的密处;
可被告否认此申诉要求的权利,
并说你的玉颜是在它那里居住。
为裁定这归属权只好召集陪审,
参加陪审的思想全是心的房客,   10

---

① 古代西方人认为忧郁(melancholy)产生于黑胆汁(black bile),与水土二元素有涉。

它们经过评议终于做出了决定,
划分了明眸和柔心各自的份额,
　　裁决如下:你的外貌归我眼睛,
　　而我的心有权拥有你内心的情。

47

我的眼睛与心灵结成了同盟,
它俩现在互通有无投桃报李。
当眼睛渴望要一睹你的面容,
或当心灵被相思的悲叹窒息,
这时或眼睛用你的画像飨客,　　　　　5
邀我的心把画就的佳肴品尝;
或是眼睛在心之盛宴上落座,
把心灵对你的缱绻情思分享。
所以有你的画像或我的爱恋,
远方的你就永远和我在一起;　　　　10
因你不会比我所思去得更远,
而我永伴我思,我思永伴你;
　　即或思绪睡去,我眼中这画像
　　也会唤醒心儿与眼把快乐共享。

48

临行前我曾多么小心地提防,
把细软之物都锁进了保险柜,

以确保不丢失好将来派用场，
以确保它们能免遇小偷窃贼！
可令我的珠宝黯然失色的你， 5
我过去的极乐、如今的烦忧，
我的至亲至爱和唯一的焦虑，
却被毫无防范地留给了小偷。
我没把你锁进任何金库银箱，
只把你包藏在我温柔的心里—— 10
这我想你在你却不在的地方，
因为这地方你可以任意来去。
  而即便藏在此处我也怕你被偷，
  因面对如此珍宝君子也会伸手。

49

为防那一天，若真有那一天，
当我看见你对我的缺点皱眉，
当你的爱因花掉最后一笔钱，
被深思熟虑唤去把账目核对；
为防那一天，当你形同路人， 5
不用太阳般的眼睛向我问候，
当你那颗已面目全非的爱心
想要搜罗到冠冕堂皇的借口；
我为预防那一天而躲在这里，
在这儿思量反省自身的短处， 10

并宣誓做出不利于我的证词,
替你那些合法理由进行辩护:
　　你确有法律依据抛弃可怜的我,
　　因你为何该爱我,我无理可说。

50

多么阴沉哟,我的长途跋涉,
当我去之处,我疲旅的终点
总教休憩和安歇对我这么说:
"你又离开了朋友多远多远!"
为我哀伤所累的驮我的马匹　　　　　5
也驮着我这份忧愁蹀躞而行,
仿佛这家伙凭某种本能得知
它主人因离开你而不愿快进。
偶尔恼怒时用靴刺狠狠踢它,
可靴刺沾血也不能催它加步,　　　　10
它只用一声悲哀的呻吟作答,
此声于我比它挨靴刺钉更苦;
　　因为这呻吟使我想到某个念头:
　　我的忧愁在前方,欢乐在身后。

51

这么说当我离你而去的时候,
我的爱可以原谅这笨马太慢:

离你而去我干吗要纵缰驰骤?
待回程之日我才须策马扬鞭。
那时我岂能原谅这可怜畜生, 5
当鹰飞鹿跃也像是蜗行牛步?
那时纵然跨风我也要用刺钉,
因对风驰电掣我也会没感触。
那时骏骥难与我的欲望齐驱,
所以由至情至爱构成的欲望 10
将摆脱肉体以它的神速飞驰;①
但爱心为爱之故会把马原谅:
 既然别你而去时它曾故意慢行,
 归程我就自己跑,由它去磨蹭。

52

我像个富翁,他那幸运的钥匙
能领他去开启心爱的宝库大门,
可他不愿时常把他的珍宝凝视,
唯恐那种少有的快感会变迟钝。
节日之所以那么隆重那么稀罕, 5
是因为长长的一年中只有几度,
恰似贵重的宝石被疏朗地镶嵌,
或珍珠项链上最大的几颗明珠。

---

① 此行原文各版本措辞不同,并有多解,但大多认为"肉体"指诗人的马。

时间就正如我的宝库把你珍藏,
或者像个衣橱装着华丽的衣裙, 10
它每一次开门展露紧锁的华光,
都使那特定的一瞬格外的幸运。
 你真幸运,你的珍贵给人机会,
 有你时欣喜,无你则盼你回归。

53

你的本质是啥,用何元素构成,[①]
竟使成千上万的影子跟随着你?
因为每一个人都只有一个身影,
而你一人却能化作每一个影子。
试描绘阿多尼,可那幅肖像画[②] 5
不过是对你的容貌之拙劣模仿,
在海伦的脸上尽施美容之妙法,[③]
但画就的只是你身着希腊古装;
就说这一年之中的阳春和金秋,
一个展示出你明媚秀丽的投影, 10
另一个表现你慷慨之恩深义厚;

---

① 参阅第44首注。另毕达哥拉斯学派认为除风、火、水、土之外还有一种宇宙元素,即第五元素。
② 阿多尼是希腊神话中一美少年,相传爱神维纳斯曾为他而坠入情网。莎士比亚曾据此传说写出长诗《维纳斯与阿多尼》(*Venus and Adonis*, 1593)。
③ 海伦是希腊神话中的天下第一美女,因她被特洛伊王子帕里斯(Paris)诱拐而引起特洛伊战争。

你在每一种天赋的形影中留存。
　　你存在于所有外在的优雅之中，
　　但论忠贞不贰，你却与众不同。①

54

哦，美如果有了真诚来装饰，
看上去就不知要美丽多少倍！
我们觉得艳丽的玫瑰更艳丽，
是因为它蕴含那种馥郁芳菲。
若仅仅是论色泽之浓艳纷华，　　　　5
野蔷薇堪与馨香的玫瑰争妍，
当夏风吹开蒙住蓓蕾的面纱，
它们也悬刺丛，也花枝招展：
但因它们唯一的美就是外表，
故无人眷恋倾慕就悄然衰亡，　　　　10
可含香的玫瑰却非这样命薄，
它们的香骸艳骨可提炼芳香。
　　而你也如此，美丽可爱的少年，
　　当美逝去，诗把你的真容提炼。

55

王公们的大理石或镀金墓碑

---

① 若与第35、40、41、42等首对照，此行似有反讽之意味。

都不会比这有力的诗篇经久；
你将在这些诗篇中熠熠生辉，
胜过被污浊岁月弄脏的石头。
毁灭性的战争会把塑像掀翻，　　　　5
兵燹会根除石筑的碑塔楼台，
可无论是战神的利剑或狼烟
都难毁这追忆你的生动记载。
面对死亡和忘却一切的恶意，
你将信步前行；对你的赞颂　　　　10
将永远闪烁在后世子孙眼里，
直到世界末日使一切都告终。
　　所以在你起身接受最后审判之前，①
　　你将存于爱者眼中和这字里行间。

56

甜蜜的爱哟，请你把力量恢复；
别让人说你的锋刃比食欲还钝，
食欲不过今朝饱餐后心满意足，
明天它又会嚣然思食大嚼大吞。
请你也这样；虽然今天已看够，　　　　5
甚至你饥饿的眼睛已餍饱欲闭，

---

① 基督教称上帝将于世界末日审判所有死去的和当时仍活着的世人，以分出善恶。

但请明日再睁开你的灿灿明眸,
别用沉沉昏睡把爱的灵魂窒息。
就让这阴沉的间隔像退潮海水,
一对刚定情的恋人每日到岸边, 10
当他俩看见爱的浪潮汹涌回归,
那景象看上去也许更令人开颜;
　或称它为冬天,充满忧思的冬
　使夏天更显美好,更值得憧憬。

57

既然是你的奴仆,我能做什么,
除了时刻等着你想到把我使唤?
我自己并无宝贵的时间可消磨,
也无事可做,直到你把我差遣。
我不敢责怪这绵绵不尽的时光, 5
当我为主人你看守着这个时钟;
我不敢想离别会令人伤心断肠,
当你对你的仆人说出那声保重;
我也不敢怀猜忌之心询问探究
你会去向何方,去做什么事情, 10
而只像个伤心奴仆想一个念头:
你所到之处的那些人多么有幸。
　所以爱真是个地地道道的白痴,
　任你为所欲为,它都认为没事。

58

但愿当初使我成为你奴仆的神
禁止我的心核查你的良辰春宵,
或不许我渴望看你的时间账本,
既然为奴就只好任你自在逍遥!
哦,让我唯命是从,让我忍受　　　　5
你自由地离去所留给我的禁锢;
让我俯首帖耳地吞下每次苛咎,
并绝不因你伤害我而抱怨诉苦。
无论你想去哪儿,你那份契据,
都使你拥有特权随意支配时间;　　10
你同时也拥有特权去宽容姑息
你自己的所作所为犯下的罪愆。
  哪怕等待是地狱,我也只有等待,
  不怪你寻欢作乐,管它是好是歹。

59

若天下无新事,一切都曾有过,[①]
那么我们的头脑受了多大的骗,
当其为了创新而备尝艰辛折磨,
却误让前世的孩子再诞生一遍!

---

① 《圣经·旧约·传道书》第1章第9节云:"已有之事,后必再有。已行之事,后必再行。日光之下并无新事。"

哦，但愿历史能用回顾的目光　　　　　5
恰好追溯到太阳前五百个行程，①
让我能在古书里看看你的形象，
自从所思所想最初被写成诗文！
这样我就能看到古人如何评价
由你的形体所构成的这个奇迹；　　　10
看是我们更好，还是他们更佳，
看循环是否千篇一律周而复始。
　　哦，我敢肯定，昔日的才子文豪
　　所赞美的对象与你相比都逊风骚。

60

像波涛涌向铺满沙石的海岸，
我们的时辰也匆匆奔向尽头；
后浪前浪周而复始交替循环，
时辰波涛之迁流都争先恐后。
生命一旦沐浴其命星的吉光，　　　　5
并爬向成熟，由成熟到极顶，
不祥的晦食便来争夺其辉煌，②

---

① 古人曾有天道600年一循环之说。英文100（hundred）在古北欧语中意为120（six score），故此行所指时间乃诗人心目中的600年前，即当时的星座位形上一次出现之时。

② "晦食"指上文的命星被遮掩，而非指日食。

时间便来捣毁它送出的赠品。
光阴会刺穿青春华丽的铠甲,
岁月会在美额上挖掘出沟壑, 10
流年会吞噬自然创造的精华,
芸芸众生都难逃时间的镰刀。
　可我的诗篇将傲视时间的毒手,
　永远把你赞美,直至万古千秋。

61

难道你希望你的身影让我失眠,
让我在这漫漫长夜里目不交睫?
当酷似你的影子嘲弄我的视线,
难道你真希望我从睡梦中惊觉?
难道是远离家门身在异乡的你 5
派你的灵魂回来窥探我的行为,
来发现我令人汗颜之无所事事,
以便让你的猜忌之心得到安慰?
哦,不!你的爱虽广但却不深;
使我目不交睫的是我对你的爱, 10
使我夜夜惊梦的是我对你的情,
是我在为你守夜,等着你归来。
　我在为你守夜,你也在熬通宵,
　在远离我的地方有人把你倚靠。

62

自恋这罪孽蒙住了我的双眼,
占据了我的灵魂和整个肉体;
而没有良药可祛除这种罪愆,
因为它深深地扎在我的心底。
我以为自己的美貌举世无双,　　　5
优美的形体和忠贞空前绝后,
我对自身的优点是如此赞赏,
仿佛我在各方面都独占鳌头。
但当镜子照出我真正的面目,
岁月的风刀霜剑已使它褪色,　　　10
于是我对自恋终于另有所悟,
这样迷恋自己真是一种罪过。
　我自赞是在把另一个自己赞颂,
　是用你的青春美粉饰我的龙钟。

63

为防我的爱友像我现在这般
被时间的毒手所揉皱并磨损;
那时岁月会把他的鲜血吸干,
并在他脸上刻下一道道皱纹;
他青春之晨将坠入暮年之夜,　　　5
而他今天所拥有的昳丽俊秀

将会渐渐消失或完全被湮灭,
他春天的珍宝将会悄悄溜走;
为防那一天我现在就筑工事,
以抵挡无情岁月无情的利刃, 10
使其难斩对我爱友美的记忆,
尽管它能斩断我爱友的生命。
　　他的美将闪现在这些诗行之中,
　　诗将长存,而他将在诗中永生。

64

当我看见往昔的靡丽与浮华
被时间之手无情地埋入尘土;
当我看见曾高耸的城堡坍塌,
不朽的青铜也朽于死之狂怒;
当我看见那饥饿的汪洋大海 5
侵占吞食海岸上的陆地王国,
坚实的陆地又延伸把海填盖,
沧海桑田此时彼时忽失忽得;
当我看见世情万象如此交替,
或世情万象本身注定要衰朽; 10
这时毁灭便教会我这样沉思:
时间终久会来带走我的爱友。
　　这念头犹如死亡,它别无选择,
　　只能为它所害怕失去的而悲咽。

65

既然青铜砖石陆地和沧海之水，
其力量都不能抗拒阴森的死亡，
那么力量并不比娇花更强的美
又怎么能与死亡的狂怒相对抗？
哦，夏日那些甜蜜芬芳的生命 5
怎么能经受时日毁灭性的攻击，
既然坚韧的巉岩和牢固的铁门
面对岁月的侵蚀也非坚如磐石？
哦，可怕的思绪！哦，在何处
时间的瑰宝能躲过时间的橱柜？ 10
有什么巨手能够阻拦走兔飞鸟？
又有谁能禁止时光把美艳损毁？
　哦，没有，除非这奇迹有力量，
　使我爱友在这墨迹中永放光芒。

66

对这一切都厌了，我渴求安息，
譬如我眼见英才俊杰生为乞丐，
平庸之辈却用锦裘华衣来装饰，
纯洁的誓约被令人遗憾地破坏，
显赫的头衔被可耻地胡乱封赏， 5
少女的贞操常蒙受粗暴的玷污，

正义之完美总遭到恶意的诽谤,
健全的民众被跛足的权贵束缚,
文化与艺术被当局捆住了舌头,
俨如博学之士的白痴控制智者, 10
坦率与真诚被错唤为无知愚陋,
被俘的善良得听从掌权的邪恶:
　　对这一切都厌了,我真想离去,
　　只是我死后我爱友会形单影只。

67

哦,为什么他竟会生在这浊世,
并用他的风姿仪容来粉饰邪恶,
以至于罪孽可能会因他而获利,
靠利用与他的交往来美化自我?
为何涂脂抹粉要模仿他的玉貌, 5
从他的奕奕神采偷取虚容呆形?
既然他脸上的玫瑰花真实神妙,
可怜的美人干吗费心谋求花影?
他为啥该活,既然造化已破产,
缺乏鲜血来染红活生生的脉络, 10
因为造化除他之外已别无美艳,
她自夸富有,却靠他的美养活?
　　哦,她留他是为了证明她曾富有,
　　在很久以前,世道没变坏的时候。

68

因此他的脸颊是往昔的缩影,
那时美像鲜花一样自生自灭,
那时矫饰之美还没有被俞允,
或还不敢在活人的脸上栖歇;
那时候死者头上的金色秀发　　　　5
还属于坟墓,不会被人剪走,
不会在另一个头上再闪光华;
芳魂艳骨之金发不重显风流。①
这神圣往昔就在他脸上展现,
质朴无华,没有丝毫的点缀,　　　　10
不用他人的翠绿来营造夏天,
不掠陈旧之美来妆扮其新美;
　　而大自然把他作为缩影来珍藏,
　　是要让矫饰看到昔日美的真相。

69

世人眼里所见的你的身姿容貌
不缺任何想象力能增添的美丽;
表达心声的舌头全都把你夸耀,
连你的敌人也承认这确凿事实。

---

① 伊丽莎白时代的妇女有戴金色假发的风气,而假发常用死者的金发做成。参阅《威尼斯商人》第3幕第2场第73—103行。

你的外表因此得到表面的赞美； 5
但同样是那些把你赞美的声音
用另一种声调把这种赞美摧毁，
因为它们比眼睛看得更透更深。
它们对你的心灵之美仔细窥望，
凭你的行为对其进行推测探究， 10
结果眼虽大方，可吝啬的思想
却给你的鲜花添上莠草的腐臭。
　　但为什么你的名声与美貌不符？
　　原因是你生长的这片土地浊污。

70

你受到责备并非由于你有瑕疵，
因为至姣者永远是诽谤的箭靶。
猜疑妒忌从来就是美艳的装饰，
恰似飞在朗朗晴空的一只乌鸦。
只要你有德，那诽谤只能证明 5
你的价值更大，你被时尚追逐；
因为毒虫都喜欢在娇蕾里藏身，
而你的绮年之春偏偏清白无污。
你已度过青春岁月潜伏的危机，
不是你未中埋伏就是对手受挫； 10
然而对你的这种赞美尚不足以
阻止嫉妒之心加强并日益增多。

假若没有恶意的猜忌把你遮掩，
无数心灵王国将被你一人独占。

71

我死去的时候请别为我哀戚，
那时你会听见阴沉沉的丧钟
向世人宣告我已经脱身而去，
已离开这浊世去伴蠢豕蛆虫。
若读此诗也别去想写它的手，　　　　　5
因为我对你的情意山高水长，
所以我宁愿被你遗忘在脑后，
也不愿你因为想到我而悲伤。
哦，我是说如果你读到此诗，
而那时我也许已经化为尘土，　　　　　10
你千万别念叨我卑微的名字，
让你的爱与我一道朽于棺木，
　以免聪明人看出我死后你伤心，
　像嘲笑我一样把你也当作笑柄。

72

哦，亲爱的朋友，请把我忘怀，
以免世人追问你我有什么优点，
甚至使你在我死后仍把我深爱；
因为你没法证实我值得你怀念，

除非你想编造一些善意的谎话，　　　5
言过其实地标榜我本身的价值，
为死去的我树碑立传虚吹浮夸，
远远超过吝啬的事实所愿给予。
哦，因怕你为爱之故替我撒谎，
唯恐你的真情因此而显得虚伪，　　10
就让我的名字和肉体一道埋葬，
别让它留传于世令你我都羞愧；
　因为我写出的辞章已使我含垢，
　你爱这不足道的东西也会蒙羞。

73

你在我身上会看到这样的时节，
那时黄叶飘尽，或余残叶几片
依随枯枝在萧瑟的冷风中摇曳，
昔日百鸟齐鸣的歌坛颓败不堪。
你在我身上会看到这样的黄昏，　　5
夕阳西坠后渐渐隐去西天薄暮，
沉沉黑夜一点一点将暮色吞尽，
像死亡之化身遮盖安息的万物。
你在我身上会看到这样的炉火，
躺在其青春的灰烬中朝不保夕，　　10
仿佛是在临终床上等待着殂落，
等待喂养过它的燃料把它窒息。

待看到这些,你的爱意会更浓,
对即将离去的生命会更加珍重。

74

但请你放心,当无情的拘役①
不容有片刻缓期而把我带走,
我生命之一部分将存于此诗,
作为永恒的纪念与你相厮守。
每当你把这些诗行重新阅读, 5
你都正好读到献给你的部分。
土只葬土,那是它应得之物,②
你应得的则是我生命之灵魂。
所以你只会失去生命的糟粕,
我的肉体,蠢豕蛆虫的美食, 10
被歹徒利刀征服的懦弱家伙,
低贱卑微不值得你怀念追忆。
 它的价值在于它包容的内涵,
 此诗此魂将伴随你留在人间。

---

① "无情的拘役"喻死神的召唤。参见《哈姆莱特》第 5 幕第 2 场第 336—337 行。
② 《圣经·旧约·传道书》第 12 章第 7 节云:"尘土将回归其来自的尘土,而灵魂则回归赋予灵魂的上帝。"

75

你于我的心好比粮食于生命,
或恰如及时的春雨对于土地;
我竭力想从你那儿获取安宁,
就像守财奴守着财产的心理:
有时作为拥有者而得意飘然,　　　　5
有时又怕时间窃贼偷走财宝;
忽而认为最好与你单独相伴,
忽而又想携你招摇过市更妙;
刚才还把你凝视并大饱眼福,
转眼又渴望见你如已隔三秋;　　　　10
除了从你那儿获得欣欣鼓舞,
我没有别的欢乐也不去追求。
　　我就这样日复一日忽饱忽饿,
　　要么枵腹无餐要么大吃大喝。

76

为什么我的诗篇缺少新鲜辞藻,
毫无变化,或说没有妙笔生花?
为什么我不仿效摩登追逐时髦,
试试舶来的复合词和新创句法?①

---

① 剑桥大学教授、莎学专家克里根(John Kerrigan, 1956—)认为此行暗讽当时的时髦诗人马斯顿(John Marston, 1576—1634)和约瑟夫·霍尔(Joseph Hall, 1574—1656)。

为什么我写出的辞章千篇一律，　　　5
对题目的选择也总是老调重弹，
以致每个词都会泄漏我的名字，
都会暴露出它们的出处和来源？
哦，你得知道，我心爱的朋友，
我笔下永恒的主题就是你和爱，　　　10
所以我的妙法只有旧瓶装新酒，
以故为新让陈词滥调重现光彩。
　　因为正如太阳每天都既旧又新，
　　我的爱也正在抒发曾抒过的情。

77

这镜子会告诉你何为红颜易逝，
这日晷会告诉你何为光阴如梭，
这些空页会记载你心灵之印记，
你可凭这本手册体验这种学说。①
你的镜子所要忠实照出的皱纹　　　5
将会使你想到张着大口的坟墓；
凭日晷上潜移的阴影你会弄清
时间正在悄悄地走向万劫不复；
而凡是你记忆包容不下的沉思

---

① 莎学家们多认为此诗是连同一个作为礼物的笔记本一道由诗人献给其朋友的。参见第122首。

均可记在这些空页,你将感到 10
曾由你的大脑孕育生养的子女
会重新与你的心灵结识并相交。
　只要你愿意经常温习这些功课,
　你就会获益并充实你这本手册。

78

我曾经常祈求你赋予我灵感,
在诗艺上得到你那么多扶助,
以至于陌生鹅管都优孟衣冠,①
在你的庇护下将其诗才展露。
你那曾教会哑巴歌唱的眼睛, 5
那曾使笨重愚昧高飞的明眸,
又为饱学者的翅膀添羽加翎,
使本来就美的华章更加优秀。
可请你为我的诗篇感到自豪,
因为它们的产生全受你影响。 10
对别人的辞章你只点染笔调,
用你的美替他们的文采增光;
　但你却是我全部的诗艺才华,
　是你把我的浅陋提携成博雅。

---

① "陌生鹅管"指别的诗人。另参见第 86 首注。

79

当初只有我一个人祈求你扶助,
那时只有我的诗蒙你厚爱垂青;
可如今我的清词丽句已经陈腐,
我枯竭的灵感只好让位于他人。
亲爱的,我承认你这美妙主题　　　5
更值得让一名高手来精雕细琢,
但你那位诗杰对你的歌颂赞誉
都是先掠你之美,再借花献佛。
他夸你有德而德字窃自你所为,
他赞你美貌而美字取自你脸上,　　10
除了你本身就具有的风姿韵味,
他不可能对你有更多赞美颂扬。
　所以你无须感谢他对你的称赞,
　因为你所给予他的他本该偿还。

80

知道有高手在为你歌功颂德,
我写你之时是多么意懒心灰,
他为了让我闭口不再唱赞歌,
正竭尽全力在把你颂扬赞美!
但既然你的恩德浩荡如汪洋,　　　5
既载弘舸巨舶也容小艇扁舟,

那么我这艘相形见绌的轻舫
仍不揣冒昧来你这沧海争流。
虽然他在你深深的远洋游弋,
可你一汪浅水便能托我浮泛;   10
即或遇险,这轻舟一钱不值,
而他坚固宏巨的大船会平安。
　　所以要是他蒙嘉纳而我被拒绝,
　　最坏的结果是我的爱把我毁灭。

81

不管是我将活着为你写墓志铭,
还是你尚健在而我已烂在土中,
死神都抹不去你在世上的名声,
尽管我会被人们忘得无影无踪。
虽说我一旦死去便会踪迹全无,   5
可你的美名却会因此诗而不朽。
这尘世能给我的只有一抔黄土,
而你则将被安葬在世人的明眸。
你的墓碑将是我这优美的诗章,
未来的眼睛将会对它百读不厌,   10
未来的舌头将把你的美名传扬,
哪怕现在活着的人都离开人间。
　　你将会活着,我的诗有此神力,
　　你将活在朝气蓬勃的后人嘴里。

82

我承认你不曾与我的诗才成婚,
因此你可以坦坦荡荡胸无宿物
去细品作家们向你献媚的艳文,
去赞许骚客们向你求爱的情书。
你的见识与你的容貌一样非凡, 5
发现我才疏口拙难颂你的美德,
于是你只好另寻高手另觅新欢,
让盛世英才为你留下新的颂歌。
亲爱的,你去寻吧,你去觅吧!
但等他们用尽所有华丽的辞藻, 10
你会发现你真正的美貌和才华
是在你忠实朋友的真诓里闪耀;
 他们抹在你玉颜上的艳彩浓脂
 用来涂那些灰颊黄脸倒挺合适。

83

我历来不认为你需要淡妆浓抹,
因此也从不替你的美施朱傅粉。
我发现或自以为发现你本胜过
诗人为感恩而奉献的蹩脚诗文;
所以我在你显赫的美名下偷闲, 5
以便让你自己清清楚楚地证实

要说清你具有的这种美质优点,
如今的羽毛管是多么缺乏笔力。
你认为我这种沉默是失礼犯规,
其实这正是我最值得称道之处,   10
因为我这样默不作声无损于美,
别人想为你添生气反带来坟墓。
  你这两名诗人所能想出的颂扬
  还不如你一只眼里的生命之光。

84

只有你是你,比起这深情赞美,
有谁能夸得更好,颂扬得更妙?
在哪位赞颂者幽闭的心园之内
能长出堪与你媲美的琪花瑶草?
诗人在一般着笔处若不加藻饰,   5
那他的文笔就会显得枯涩平淡;
但他写你时若能说出你就是你,
那他的描述就显得高贵而庄严。
请让他心摹手追你的原貌原样,
别让他歪曲了造化天然的珍品,   10
这样的摹本将会使他声名远扬,
使他的藻思文采令天下人服膺。
  可你诅咒这种对你美好的祝福,
  你过分喜爱赞美使赞美也庸俗。

85

我缄默的诗会知趣地不言不语,
只要别人在尽心竭力把你赞美,
用镀金的笔管记录下你的品质,
用尽九位缪斯锤炼的精妙词汇。
别人辞章华丽而我有一腔祝愿, 5
对天才奉上的每一篇赞美颂文,
对妙手写出的每一首感恩诗篇,
我都像个见习牧师应一声阿门。
听见对你的赞颂我便说这不假,
并且为最美的赞词把字句增添, 10
但添的是我爱你之心的心里话,
话虽说在最后,但爱意却居先。
 所以对别人请留心华丽的辞章,
 对我则注意无声胜有声的冥想。

86[①]

难道是他诗篇造就的巨舶弘舸

---

① 莎学家们认为,第78—86首中提到的这位与莎翁争宠的诗人可能是马洛、琼森或查普曼。若把后者作为这个假想的"诗敌",本首中的晦涩之处可解如下:第1行喻查普曼翻译的《伊利亚特》前7卷出版(1598);第5—8行暗涉他翻译古希腊典籍的工作和对古典诗人的借鉴;"幽灵"等语指荷马;两次对夜的提及与查普曼《夜魂》(*The Shadow of Night*, 1594)一诗之题记"诗可拥有少许夜色"(Versus mei habebunt aliquantum noctis.)相吻合。

扬帆前来要独占你恩宠之雨露,
这才把我成熟的思想装上柩车,
把孕育它们的摇篮变成了坟墓?
难道使得我缄口的是他的精神, 5
那由神灵指导写出的超凡诗句?
不,令我不作声的不是那诗人,
也不是趁夜伙助他的那些侪侣。
能夸口惊呆我才思的不会是他,
也不会是与他亲密无间的神怪, 10
夜里向他灌输才智的幽灵菩萨;
所以绝非他们惊得我目瞪口呆,
  而是当你的嘉勉充满他的诗行,
  我才灵感枯竭,诗也黯然无光。

87

别了!你高贵得让我不配拥有,
而且你多半也清楚自己的身价。
你的身价给你免除义务的自由;
我与你之间的盟约就到此作罢。
因我拥有你怎能只凭你的应诺? 5
我凭什么值得拥有这一诺千金?
我没有理由消受你的恩光渥泽,
所以请收回你给我的特许凭证。
你应诺我时尚未认清你的价值,

不然就是挑受惠人时有所疏忽,　　　　　10
因此你这份送错人的厚贶重礼,
经重新斟酌之后应该物归原主。
　于是我曾拥有你,像拥有一个梦,
　我在梦里是君王,可醒来一场空。

88

当你有一天决定视我如敝屣,
用嘲笑的目光挑剔我的优点,
我会站在你一边攻击我自己,
证明你有德,虽你自食其言。
我对自己的短处了解得最清,　　　　　5
我会替你记下我的毛病所在,
记下我鲜为人知的劣迹丑闻,
以便你能因弃我而赢得喝彩;
当然我也会因此而成为赢家,
因为我对你倾注了满腔爱慕,　　　　　10
所以我对我自己的大张挞伐
于你有益对我就有双倍好处。
　此乃我之爱,我完全属于你,
　为了你我甘愿忍受任何委屈。

89

要是你说弃我是因我有疵颣,

我马上就会把这种疵颣数落;
你说我跛足我马上就会瘸腿,
绝不会对你的论证加以辩驳。
爱友哟,要替你变心找借口, 5
你糟践我还不如我自贱自轻;
既然我已经把你的心思猜透,
我会与你断绝交往视同路人,
我会避开你常走的蹊径康衢,
你的芳名不会再挂在我嘴边, 10
以免俗不可耐的我对它不起,
无意中把我们俩的旧情说穿。
　　我发誓要替你把我自己击败,
　　因为你所憎恨者我绝不会爱。

90

所以你要恨我就趁现在下手,
就趁着这墙倒众人推的时机,
就请与厄运一道来逼我低头,
不要等为时太晚才匆匆开始。
哦,莫待我心已摆脱这不幸, 5
莫待我已熬过这些悲痛苦难;
别让一夜狂风后有阴雨之晨,①

---

① 英谚曰:狂风之夜预示清朗之晨(A blustering night presages a fair morn.)。

别让那注定的灾难推宕迁延。
你要弃我就别等到最后一刻,
别等到小灾小难都施尽淫威,   10
请你对我的恨一开始就发作,
好让我先尝命运最糟的滋味。
  这样其他那些像是悲哀的悲哀
  与失你相比就会显得不足道哉。

91

有人显示门户,有人卖弄技艺,
有人标榜钱多,有人自诩劲大,
有人喜欢炫耀风靡一时的新衣,
有人爱夸自己的雄鹰猛犬骏马;
每一种气质都有乐趣与之相随,①   5
各自都能找到各自独有的快活。
然而这些乐趣都不合我的口味,
我有一种超越它们的至福极乐。
你的爱于我远远胜过豪门望族,
远远胜过金银钱财和锦衣绣袍,   10
远比雄鹰骏马更令我心满意足,
拥有你我敢夸拥有天下之荣耀;
  不幸的只是你会把这全都夺走,

---

① 指希波克拉底划分的人的四种气质:多血质、黏液质、胆汁质和抑郁质。

会使得我陷入绵绵无尽的烦忧。

92

但你尽可以狠心地悄悄溜走,
你仍然已保证了爱我一辈子,
我的生命不会比你的爱长久,
因为它凭着你的爱方能延续。
所以我无须惧怕这灭顶之劫,　　　　5
既然此劫一显露我就会殒命。
我发现了属于我的更好境界,
它好就好在不由你随意决定。
你的轻浮再也不能令我烦恼,
既然你一变心我生命就完结,　　　　10
哦,我发现的权利多么可靠,
幸福地被你爱,幸福地永诀!
　　可无瑕的幸福怎能不怕污迹?
　　你可能变心,而我全然不知。

93

那我将活下去,假想你还忠贞,
就像一个被妻子所蒙骗的丈夫;
于是朱颜虽改但于我依然可亲,
你眼睛望着我,心儿却在别处。
因为敌意不可能存在于你眼中,　　　5

所以我无法从中看出你有变易。
有许多人朝三暮四的内心活动
均在其反常的神情辞色中显示，
但是上帝在创造你时就已决定
要让柔情蜜意在你的脸上永留； 10
所以无论你心中如何覆雨翻云，
你脸上都只会表露出可爱温柔。
　　可若是你的品行与外表不契合，
　　那你的美貌多么像夏娃的苹果。①

94

有戕贼之力而并不为非作歹，
有美艳之貌而不行风流之事，
能使人动情自己却超乎情外，
对诱惑能持重如石漠然置之，
这样的人才无愧于承受天恩， 5
才没有挥霍浪费自然之精华；
他们才真是自身美貌的主人，
而别人只是自己姿色的管家。
夏日娇花虽然只有一荣一枯，

---

① 《圣经·旧约·创世记》第 3 章记载，夏娃被蛇引诱，携亚当偷吃了伊甸园禁树上的苹果。莎士比亚在《威尼斯商人》第 1 幕第 3 场（皇家版第 90—92 行，河滨版第 98—100 行）亦将外表堂皇的伪君子比喻为"外表光鲜的烂心苹果"（A goodly apple rotten at the heart.）。

但却为夏日奉出鲜艳与芳菲, 10
可娇花若容卑鄙的霉菌侵入,
连最贱的荒草也会比它高贵;
　因为高洁者纳污则最脏最丑,
　百合花一旦腐烂比衰草还臭。

95

那耻辱像蛀虫藏身芬芳的玫瑰,
它把你正花蕾初绽的美名败坏,
可你把这耻辱打扮得多么娇媚!
你把你的过失包裹得多么可爱!
以致那讲述你生平故事的舌头, 5
那把你的消遣说成放荡的舌端,
也只能借某种赞词来使你蒙羞,
结果提你的美名倒把恶名遮掩。
哦,那些选中你来藏身的邪恶
已经住进了一座多么美的大厦, 10
那儿有美丽的纱幔把污秽包裹,
眼睛能看到的一切都美丽如画!
　亲爱的,请当心这种特权殊荣;
　最硬的刀被滥用也会卷刃钝锋。

96

有人说你的瑕疵是少年放荡;

有人说你的魅力是青春跌弛。
无论魅力和瑕疵都有人赞赏；
你把你的瑕疵也变成了魅力。
正如一旦套上在位女王指间，　　　　5
最粗劣的戒指也被视为至宝，
那些见于你身上的过失瑕玷
就这样变成美德被引以为耀。
假若饿狼能够变形披上羊皮，
有多少羊羔会被它诱入歧途！　　　　10
假若你想施展你的全部魅力，
有多少观者会被你引上斜路！
　　但你别这样做；我是如此地爱你，
　　所以你属于我，也包括你的名誉。

97

你是飞驰流年中之欢娱时辰，
离别你之后这日子多像冬天！
我觉得天多冷，天色多阴沉，
满目皆是十二月的萧瑟凄惨！
然而我俩这次分离是在夏末，　　　　5
当丰饶的初秋正孕育着万物，
孕育着春天种下的风流硕果，
就像怀胎十月而丧夫的寡妇。
可是这丰饶的秋实在我眼中

不过意味着没有父亲的孤幼,　　　　10
因夏天及其欢娱总把你侍奉,
你一离去连小鸟也不再唧啾;
　即或它们啼鸣其声也那么悲哀,
　树叶闻声失色,生怕严冬到来。

98

我那次与你分别时正值阳春,
当时披上盛装的绚烂的四月
已给万物注入了青春之精神,
以至沉重的土星也随之雀跃。①
然而无论是百鸟的婉转鸣啼　　　　5
还是百花之芳菲与斑斓锦簇
都不能让我讲述夏天的故事,②
或是把花儿摘离美丽的山谷;
我既不惊叹百合之洁白淡雅,
也不赞美玫瑰花的绯红浓艳;　　　　10
它们悦目的姿容迷人的芳华
不过是模仿你这万物之样板。
　没有你阳春于我依然是严冬。

---

① 土星在西方人心目中象征沉闷和忧郁。
② "夏天的故事"喻欢乐的故事。比较《冬天的故事》第2幕第1场第25行"冬天最好讲悲哀的故事"。

我逗弄春花犹抚弄你的身影。

99[①]

于是我这样责问早开的紫罗兰:
温柔的窃贼,若非从吾爱之气,
那你从何处偷得这般馥郁香甜?
涂抹于你粉面桃腮的殷红绛紫
也正是在我爱友的鲜血中浸染。[②]   5
我谴责百合偷了你的玉手之美,
指摘墨角兰花蕾偷了你的秀发;
至于刺丛间那些怯生生的玫瑰,
白者偷绝望,红者偷羞答答;
而红白相间的第三种两者都偷,   10
并为偷得的赃物添上你的气息;
但因其偷窃,当它盛开的时候,
一条复仇心切的蛀虫将它蛀食。
  我见过许多花儿,但不曾见过
  有哪种花不偷你的芳香或色泽。   15

100

你在哪里,诗神,竟长久遗忘

---

① 此诗多出一行(共 15 行)。
② 参阅本书《维纳斯与阿多尼》第 1165—1170 行。

讴歌那赋予你全部力量的主题?
你可将激情用于无价值的歌唱,
为阐明卑微琐事消耗你的精力?
归来,健忘的诗神,快快回归, 5
用高贵的诗句赎回虚度的时间,
把敬重你辞章的耳朵歌唱赞美,
是它为你的笔注入技巧与灵感。
醒来,慵懒的诗神,看看时光
是否在我爱友的脸上刻下皱纹; 10
若是,就写出讽刺衰朽的诗行,
让时光的劫掠到处都被人看轻。
　为吾爱扬名,趁时间未将其毁掉,
　这样你就能抵挡岁月的风剑霜刀。

101

偷懒的诗神哟,你有何借口
解释你对美浸染的真的怠慢?
真和美双双都依赖我的爱友;
你也得靠他并借此获得尊严。
请回答,诗神;你也许会说: 5
"真有其本身色彩无须装饰,
美无须画笔来描绘美之本色,
虽不加美化,极致仍是极致。"
难道他无须赞美你就不吭声?

别为沉默开脱，因你有力量 10
使他比镀金的陵墓更加永恒，
让他在未来的年代被人颂扬，
　　那就尽职吧，诗神；让我教你
　　如何使他在将来展现今日风姿。

102

我爱得更深了，虽看起来更淡；
我的爱没减少，虽少了些证明。
谁若是拿爱的价值八方去宣传，
那他就把爱变成了兜售的商品。
当我俩刚互相倾慕于那个春季， 5
我曾习惯用歌为我们的爱欢呼，
就像夜莺在夏日之初歌唱鸣啼，
而随着夏天推移则把歌声停住。
并非如今的夏日不如当初快活，
不如夜莺在静夜独自哀鸣之时，① 10
而是每根树枝都压着喧嚣的歌，
欢乐一旦习以为常就失其乐趣。
　　所以我像夜莺有时也缄默无言，
　　因为我不愿我的歌声令你讨厌。

---

① 夜莺啼声哀戚之说源于希腊神话中菲洛墨拉（Philomela）受辱后变夜莺的故事。详见第 123 页注释②。

238

103

唉，我的诗神之创作多么贫瘠，
尽管她能随心所欲地展示华章，
其讴歌对象不加装饰更有价值，
胜过经我加油添醋的赞美颂扬！
千万别责怪我，若我笔秃才尽！　　　5
请照照镜子，镜中有一副面孔，
那面孔远远美过我拙劣的诗文，
令我的诗失色，让我无地自容。
欲锦上添花结果反倒画蛇添足，
这难道不是一种极可耻的罪过？　　10
因为除了讲述你的魅力和天赋，
我的诗篇再也达不到其他效果；
　　而当你照镜时那镜中映出的美
　　远非我的诗所能企及所能恭维。

104

美丽的朋友，我看你永不会老，
因为自从我第一眼看见你以来，
你似乎依然保持着当初的美貌。
严冬三度从森林摇落盛夏风采，
阳春也已三度化为暮秋的枯黄，　　5
在四季的轮回之中我三度看见

炎炎六月三次烧焦四月的芬芳,
我当初见你年轻,如今仍当年。
唉,可是美就像钟面上的指针,
会不为人所察觉而悄悄地移动;   10
所以我以为能永驻的你的青春
也许在流逝而我的眼睛被欺哄。
　　唯恐如此,我告诉未来的后世:
　　你们尚未出生美的夏天已消失。

105

请别把我的爱叫作偶像崇拜,①
别把我的爱友视为一尊神像,
因为无论过去、现在和将来,
我的赞歌都只为唯一而歌唱。②
我爱友今朝明日都高贵友善,   5
会在惊人的优雅中持久永恒,
因此我的诗风从来都不会变,
永远一个调,从不花样翻新。
真善美是我诗中的全部内容,
真善美由此变化成万语千言;   10

---

　　① 《圣经·旧约·利未记》第19章第4节中耶和华让摩西晓谕世人:"勿弃我而崇拜偶像,勿铸神像并膜拜之,我乃耶和华你们的神。"
　　② 《荣耀颂》(Gloria Patri)歌词曰:"无论过去、现在和将来,荣耀都归于圣父、圣子和圣灵。"

我的诗才就用于这变化之中,
三题合一为我提供天地无限。
　　真善美自古以来常独处幽居,
　　如今聚一人身上才三位一体。

106

当我从年代久远的古籍史诗
翻阅到关于俊男娇女的描绘,
见因歌颂绝世佳人风流骑士,
美使得古老的诗篇华丽优美,
于是从佼人玉女的绝色之中,　　　5
从那些手足嘴唇眼睛和眉毛,
我看出古代诗人本来想歌颂
你今天具有的这种姿容品貌。
所以他们的赞美不过是预言,
预言我们的时代和你的风姿;　　　10
而由于只用预测的眼光窥探,
他们缺乏技巧歌颂你的价值;
　　因为就连亲眼见过面容的我辈
　　也只有眼睛惊羡而无口才赞美。

107

无论我的担忧还是这茫茫世间
冥想着未来之事的预言的心灵

都不能为我忠贞的爱定下期限,
尽管此爱注定终将服从于命运。
人间的月亮已经历了她的月食,　　　　5
悲观的预言者把自家预言嘲讽,
动荡不安终于变成了相安无事,
和平宣告橄榄枝将会永远青葱。①
如今沐浴着这芳菲时节的甘露,
我的爱展新颜,死神也顺从我,　　　　10
因尽管他把缄口噤声的人欺辱,②
可我将无视他而在拙诗中存活;
　　而当暴君的纹章铜墓被岁月摧毁,
　　你将在这诗行中发现你的纪念碑。

108

我脑中有何能诉诸文字的思绪
尚未写出来表明我对你的真情?
还有什么可述可书的新篇新辞
能歌颂你的美,表达我的爱心?
没有,亲爱的;但就像做祷告,　　　　5
我必须每天都把祷词重复一遍,

---

　　① 此诗隐隐涉及一些史实:伊丽莎白一世驾崩,詹姆斯一世即位后结束了国内纷争并与西班牙媾和,卜测女王死后会天下大乱的预言没有应验。
　　② "缄口噤声的人"喻生前未著诗文、死后被人遗忘的芸芸众生。

你属我，我属你，老话并不老，
恰如当初我尊崇你的美名一般。①
这样披上爱的新装的永恒的爱
就不会理睬岁月的尘垢和毁伤，　　　10
也不因必然的皱纹而衰老朽迈，
而会永远把旧歌陈词读作新章，
　在时间和外貌欲使爱衰竭之处
　发现爱依然被滋养，新鲜如初。

109

哦，千万别说我曾虚情假意，
虽分离似乎平缓了我的激情。
我的灵魂就寄寓在你的心里，
而我宁抛肉体也不愿弃灵魂。
那是我爱之家；若我曾流浪，　　　5
现在就像旅行者又重返家园，
准时归来，没因久别而变样，
所以我自己带水来洗涤污点。②
虽然在我的性情和气质之中
存在着人类天性易有的疵颣，　　　10

---

① 语出《圣经·新约·马太福音》第6章第9节："我们的在天之父，愿世人都尊崇你的圣名。"
② "带水来洗涤污点"，此处的"水"喻眼泪。

但别以为我愚蠢得荒唐昏庸,
竟为虚无而抛弃你全部的美;
 因为我把这茫茫宇宙视为虚无,
 除了你这玫瑰;你是我的万物。

110

唉,不错,我一直在东奔西跑
并在众目睽睽之下扮花衣小丑,①
伤害自己的思想,贱卖出珍宝,
因结识新朋而一再地背弃旧友;
这千真万确,我曾经斜着眼睛   5
怀疑过真情;但是我凭天起誓,
这些旁骛给了我心另一次青春,
失败的尝试证明了我最该爱你。
一切都过去,请纳我爱意无限;
我绝不会再激发我的欲望之心   10
用新的考验去把一位故友试探,
一位囚禁着我爱心的恋爱之神。
 那就请接纳我吧,我的第二天国,
 纳我于你最纯洁最富于爱的心窝。

---

① 莎学家们认为此行和第 111 首第 4 行均指莎翁的优伶生涯。

111

哦,请为我之故把命运谴责,
使我行为不端的正是那女神,
她没有为我安排体面的生活,
只让我凭哗众取宠赚钱谋生。
因此缘由我的名字蒙上耻辱,　　5
而我的天性几乎也因此祸端
像染工的手一样被职业玷污。
所以可怜我吧,祝我能复原;
与此同时我会像温顺的病人
饮醋汁来祛除我身上的痼疾;① 　　10
再苦的药我也不会觉得难饮,
为彻底痊愈我不怕加倍惩治。
　可怜我吧,朋友,我向你担保
　你的恻隐之心就足以把我治好。

112

请用你的爱和你的怜悯之心
抹去流言印在我额上的耻辱;
只要你识我优点并遮我丑行,
我干吗还在乎别人品头论足?

---

① 在莎士比亚时代,醋既用于治病,又被染色工用来洗手。

你就是我的世界，我得争取　　　　　　5
从你的口中得知对我的褒贬；
世人于我皆亡而我于世已死，
唯你能使执拗的我或恶或善。
他人的毁誉我全当过耳秋风，
无论对吹毛求疵或奉承讨好　　　　　10
我都像聋聩的蝰蛇充耳不听。①
且听我如何解释我这般倨傲：
　　你是那么深深地扎根于我胸怀，
　　我想除了你这世界已不复存在。

113

与你分别后我的视觉移居心灵，
于是那引导我四处走动的器官
便多少成了盲眼，丧失了官能，
表面像在凝视，其实视而不见；
因为眼睛所看见的小鸟和鲜花，　　　5
其形态姿容都不能被传到心房。
心灵没法分享眼前生动的图画，
它自己的视觉又难留所见风光；
因即使它看见最俗最雅的景色、

---

① 此行语出《圣经·旧约·诗篇》第 58 篇第 4—5 节："他们像聋聩的蝰蛇，对耍蛇人的声音充耳不闻。"

最姣好的身影或最丑陋的面孔, 10
或高山大海白天黑夜乌鸦银鸽,
它也会将它们幻化成你的姿容。
　　因完全被你占据,无力分心旁骛,
　　我忠实的心灵就总使我视觉迷糊。

114

到底是这颗因你而得意的痴心
喝了帝王的迷魂药,谄媚阿附?
还是我该说我的视觉所言是真,
因为你的爱教给它这炼金神术,
结果使它把所看见的奇形怪状　　5
都幻化成与你一般可爱的天使,
任何丑陋之物一碰上它的目光
都会立刻变成没有瑕疵的白璧?
哦,是前者,是我视觉的献媚,
而我自大的心威严地将其喝干。　10
我的视觉深知心灵喜欢的口味,
便投其所好将此杯凑到它跟前。
　　即或杯中有毒,视觉也罪不当诛,
　　因为是它先爱上并品尝杯中之物。

115

我以前写的那些诗章全是谎言,

就是那些我说爱你至甚的诗章，
可那时候我压根儿没理由预见
我炽热的情焰后来竟烧得更旺。
我当时只想到时间曾上百万次　　　　5
毁掉海誓山盟，改易圣旨诰命，
蹂躏花容玉貌，挫折雄心壮志，
使钢铁意志也顺从万物的变更；
唉，既然我惧怕着时光的残暴，
既然我确信天道无常世事不定，　　10
既然我怀疑未来，而只惜今朝，
我当时为何不能说已爱你至甚？
　　爱是个孩子；那我可否那样说话，①
　　好让还在发育的孩子能完全长大？

116

我不承认两颗真诚相爱的心
会有什么阻止其结合的障碍。②

---

① 爱神丘比特之形象乃一长着金翅膀的孩子。

② 在西方的结婚仪式上，主持仪式的牧师会分别对新郎新娘和参加婚礼的宾客说两段话。一曰（对新郎新娘）："最后审判日到来之时，世人心中的秘密都将暴露，所以，若你俩任何一方知晓有任何使你俩不能合法结合的障碍，请现在就承认。"二曰（对来宾）："我将宣布这对新人结为夫妻。若你们中有人知晓，按上帝的戒律或人间的法律，有任何使这对新人不能缔结神圣婚姻的障碍，请此刻就说出，不然就永远保持沉默。"此处的"障碍"（impediments）专指"合法婚姻的障碍"（如未达结婚年龄或重婚等）。

那种见变就变的情不是真情,
那种顺风转舵的爱不是真爱。①
哦!爱情是恒定的灯塔塔楼,   5
它面对狂风暴雨而岿然屹立;
爱情是指引迷航船只的星斗,
其方位可测但价值鲜为人知。
真正的爱并不是时间的玩物,
虽红唇朱颜难逃时间的镰刀;   10
爱并不因时辰短暂而有变故,
而是持之以恒直至天荒地老。
 倘若有人证明我这是异端邪说,
 那我未曾写过诗,也没人爱过。

117

这样指控我吧:说我薄幸忘恩,
而我本应该报答你的春晖雨露;
说我忘记了呼唤你的至爱深情,
而爱的责任本该天天把我约束;
说我常常结交素不相识的新欢,   5
辜负你珍贵的情义而虚度年华;
说我不管遇什么风都扬起篷帆,

---

 ① 这两行诗(原文为两行半)通常能让西方读者联想到《圣经·新约·哥林多前书》第13章保罗对爱的论述。

顺风漂到你看不见的海角天涯。
请把我的任性和过失记录在册
并置于你证明猜疑的卷宗之上； 10
你尽可对我吹胡瞪眼皱眉蹙额，
但别让你仇恨的怒火把我烧伤；
　因我的申诉说我是努力要证实
　你对我的爱坚定不移忠贞不渝。

118

就像为了要增强自己的食欲，
我们常用辛辣调料刺激味觉；
就像为了要预防未知的痼疾，
我们常服恶心的药通便催泻；
正因饱尝你那品不够的甘甜， 5
我才不断变换口味自讨苦吃；
厌了健康觉得生病也可歆羡，
虽然还不到真需要生病之时。
于是为了预防不存在的疾苦，
爱的小聪明反酿出不治之症， 10
它让健康的体魄把苦药吞服，
想用恶来治疗沐浴善的身心。
　但我因此而获得了真正的教训：
　想医对你的相思病连药也毒人。

119

我曾喝下过多少塞壬的眼泪,①
那种像是从地狱渗出的污汁,
使我把希望与恐惧混作一堆,
以为自己在获得时却在失去!
我的心曾犯下多不幸的罪孽,　　　　　5
当它自认为最最幸福的时候!
我的双眼曾如何脱离其视野,②
当这种疯狂的热病使我烦忧!
但祸兮福所倚!如今我知道
有幸常因不幸而变得更有幸;　　　　　10
坍塌的爱之殿堂一旦被修好,③
会比当初更大更美并更坚韧。
　所以受罚的我又归于心满意足
　并因为罹祸而得到三倍的幸福。

120

你过去的负心如今倒对我有助,

---

　① 塞壬(Siren)是希腊神话中一种半人半鸟的女妖,她们用迷人的歌声引诱航海者。
　② 参阅《哈姆莱特》第1幕第5场第17行:"使你的双眼像星星脱离其轨道。"这两行诗的英文措辞基本相同。
　③ 此行意象又见于《错误的喜剧》第3幕第2场第4行和《维罗纳二绅士》第5幕第4场第7—10行。

因为我当时感受过的那种哀伤
使我得为自己的罪孽承受重负,
除非我真是无情无义铁石心肠。
如果你现在也被我的负心震惊, 5
那你也经历着一次地狱的煎熬,
而我这个暴君却一直无暇权衡
你那次罪过曾带给我多少苦恼。
但愿我们的惨怛之夜使我记起
真正的悲哀如何令人肝肠寸断, 10
从而学你马上谦恭地送上歉意,
送上那种医治心灵创伤的药丹!
　可你的负心现在成了一笔欠债,
　我付了你的账,你也得还回来。

121

既然体面的行为被斥责为卑鄙,
既然断善恶凭偏见而不凭良心,
既然合法的欢娱已因此而失去,
那被人视为缺德不如干脆无行。
因别人有何理由用虚伪的媚眼 5
朝我追求欢乐的天性投来秋波?
缺德者有何理由窥视我的弱点
并任意把我认为的善说成邪恶?

不,我就是我,别人对我诽谤,①
只能说明他们自己的猥贱污秽。　　　　10
尽管他们斜目歪眼我依然端方;
他们的俗念不配评判我的行为,
　除非他们要坚持这种泛恶主义:②
　世人皆恶,是邪恶统治着人世。

122

你送我那本手册已在我心头③
由永不磨灭的记忆全部填满,
记忆会比琐碎的字行更持久,
将超越所有时日,直至永远;
或至少可以说只要心还跳荡,　　　　5
只要大脑还具有天生的能力,
只要它们还没有屈服于遗忘,
有关你的记录就绝不会丢失。
可怜的手册不可能这般有恒,

---

　① "我就是我"之原文出自《圣经·旧约·出埃及记》第3章第14节,当摩西问及该如何向以色列人介绍上帝时,上帝答曰"我就是我"(I AM THAT I AM)。
　② 暗讽"犬儒主义",因为当时人们认为犬儒学派哲学家自命不凡,玩世不恭,不相信世人之所作所为是出于善意。
　③ 有莎学家认为这本手册即第77首中言及的那本手册,诗人的朋友将其写满后又退还了诗人;也有评论家据本首第2—3行的措辞认为此手册乃诗人的朋友送给诗人的礼物。

我也无须用符木刻下你的爱;① 10
所以我冒昧地放弃你的馈赠,
而把更能铭记你的手册信赖。②
　　要借助他物才能够把你记住,
　　这等于是说我对你也会疏忽。

123

时光哟,你不能夸口说我会变!
你用新的力量树立起的金字塔③
对我来说不足为奇,毫不新鲜,
它们只是重新装点的古景旧画。
我们的生命短暂,所以才赞慕　　　　5
你偷梁换柱地塞给我们的旧货,
才把它们当作我们想望的天物,
而没想到这些东西我们早听说。
对你和你的记载我都嗤之以鼻,
对过去和现在我都不感到可惊,　　　10
因你所记和我们所见都是骗局,

---

　　① "符木"乃古时刻痕计数的木签,刻痕后一分为二,由借贷双方各执一半为凭。此处喻朋友赠送的手册。
　　② "更能铭记你的手册"喻诗人的记忆。
　　③ 这里所说的"金字塔"可能指教皇西克斯图斯五世于1586年及其后几年在罗马建造的四座埃及式方尖石塔,或指1603年为詹姆斯一世的加冕典礼建造的纪念碑。

几乎都是由你的飞驰匆匆造成。
　我立下此誓，此誓将永远应验：
　任你镰刀再快我的心也不会变。

124

如果我的爱不过是富贵的孩子，
它就该是命运的弃儿没有父亲，①
它就易被时间的好恶随意处置，
像闲花野草一样任人采割蹂躏。
不，此爱之确立绝非机缘影响，　　　　　5
它既不会因置身于浮华而衰退，
也不会因这盛世所认为的时尚
在忧郁愤懑的纠缠侵袭下枯萎。②
它不惧怕邪门歪道的权宜计谋，
权谋只能够暂时得逞遂愿摘果，　　　　10
但它超然独立，自省近虑远忧，
所以它不随热长也不被雨淹没。
　为证明这点我传唤时间的玩物，
　那些一生造孽死乃善哉的鄙夫。

---

① 因富贵如浮云，转瞬即逝。
② 忧郁愤懑乃当时上流社会的一种时尚，莎士比亚在《皆大欢喜》中借描写杰奎斯的性格对这种时尚进行了剖析。

125

这于我何益,即使我擎着华盖
招摇过市为你的表面傅彩添光,
或投下大量资本替你扬名千载,
虽千载美名终难敌毁灭的力量?
难道我没见过威仪雅态的房客 5
付了高租却一无所获负债累累,
那些巴结权贵的可怜的贪利者
把钱财耗于燔祀却把素祭弃委?①
不,让我就在你心中奉上虔敬,
请收下这菲薄但无保留的祭礼, 10
它没有掺假,也不含杂念私心,
而是我为报恩而献给你的谢意。
　　快滚开,你这发假誓的伪证人!②
　　忠诚的心遭怀疑最不需你作证。

126

哦,你哟,我美丽而可爱的朋友,

---

① 暗引《圣经·旧约·利未记》第1—3章中上帝让摩西晓谕以色列人如何献燔祭、素祭和平安祭(即感恩祭)之例。诗人借此讽喻真正的趋炎附势者只追求巴结形式而放弃了虔诚之心(爱心)。

② "伪证人"大概指第121首中的"缺德者"之一,即第124首中被诗人传唤的那种人。

你的确控制了时间的镰刀和沙漏;[1]
　　你因亏缺而越发丰盈并由此映出
　　你的爱友们在枯萎而你枝叶扶疏;
　　倘若自然,那位主宰衰朽的女王, 　　　5
　　总是在把你迈向衰老的脚步阻挡,
　　那她的目的无非是想把手腕炫耀,
　　让时间出出丑,抹去些分分秒秒。
　　可自然的宠儿哟,对她你得当心,
　　她的宝贝可暂留但也不可能永存: 　　10
　　因她的欠账虽可延期但总得清算,
　　而要拿到收据她就必须把你归还。[2]
　　（　　　　　　　　　　）
　　（　　　　　　　　　　　　）[3]

127

　　黑色在过去并不被人视为娇媚,[4]

---

[1] 西方传统的时间肖像是一具一手持镰刀一手握沙漏的骷髅。

[2] 这首形式上并非十四行诗的"十四行诗",可被视为本集第 1—125 首之跋。诗人在此告别了他的爱友(贵族青年),从下一首开始歌颂或抱怨他的情人(黑肤女郎)。

[3] 当代莎学专家、英国沃里克大学教授乔纳森·贝特(Jonathan Bate)和美国内华达大学教授埃里克·拉斯马森(Eric Rasmussen)认为"这两对中间没有字的括号表示某种终止,或某种空白"。

[4] 参阅《爱的徒劳》第 4 幕第 3 场第 247—261 行,"……黑色是地狱的象征、囚牢的幽暗、暮夜的阴沉;而美应该像白昼一般明媚……"

即使它娇媚也没姓过美的姓氏；
但如今黑色成了美的嫡传后辈，
美反被污蔑为庶出，蒙受垢耻。
因自从世人僭取了自然的力量，　　　　5
用涂脂抹粉的假颜来美化丑陋，①
美就丧失了名誉和圣洁的闺房，
只能任人玷污，只能忍辱含羞。
所以我情人的眼睛乌鸦般漆黑，
眉额也黑不溜秋，像是哭丧人，②　10
因为天生不美的人却不乏娇美，
他们用虚名在玷污自然的名声。
　但眉眼如此伤心倒也楚楚可怜，
　于是人人都说美看来就该这般。

128

我的音乐哟，每当你弹奏音乐，
每当你俯身于那些幸运的木键，
每当木键随你可爱的手指欢歌，
每当你弹奏出令我着迷的和弦，

---

① 参阅《哈姆莱特》第 3 幕第 1 场第 145—146 行："上帝赋予你们一张脸，而你们却替自己另造一张。"
② 哭丧人身着黑服。这个比喻借自锡德尼十四行诗集《爱星者与星》第 7 首。

我对轻跳的键就生出羡慕之心,　　　5
它们能亲吻你温柔的纤纤玉指,
而我本应该丰收的可怜的嘴唇
却赧然站你身旁看着它们放肆!
受到这般挑逗,我的嘴唇渴望
能与那些欢跳的木片交换处境,　　10
因你的手指在木键上漫步徜徉,
使枯木比鲜活的嘴唇还更幸运。
　　既然无礼的木键为此那么快活,
　　请将手指给它们,把嘴唇给我。

129[①]

殚精耗神于一片羞耻的荒野,
这便是纵欲宣淫在孽海情天;
为纵此欲不惜撒谎杀人嗜血,
背信弃义心狠手毒野蛮凶残;
偷情做爱未了又觉索然寡味,　　　5
追蜂逐蝶方休便又无端生厌,
食色犹如吞咽香喷喷的诱饵,
香饵本为使上钩者疯疯癫癫;
求也心醉神迷得也魂痴意狂,

---

① 这首诗从语气上看似乎并不针对某一具体的人,但正如第94首显然包含诗人对其爱友的规劝之心,这首诗也暗隐着诗人对其情人的告诫之意。

一有再有还贪，欲壑终难填，　　　　　10
　淫时销魂荡魄欲毕黯然神伤，
　云前贪欢求爱雨后春梦虚幻。
　　此情众所周知但无人顿悟豁亮，
　　从而避开那诱人下地狱的天堂。

130

　我情人的眼睛压根儿不像太阳，
　她的朱唇也远远没有珊瑚红艳。
　要说雪即白，那她的胸脯褐黄；
　说发如金丝，她头发黑如铁线。
　我见过锦缎般的玫瑰红白相宜，　　　5
　但在她的脸上却难觅这种玫瑰；
　有各种各样苾勃馨香沁人心脾，
　与之相比她的呼息就毫无香味。
　我爱听她说话，可我非常清楚
　音乐声远比她的嗓音更加动听。　　　10
　我承认我没见过女神飘然移步，
　我情人走路倒是一步一个脚印。
　　但我对天起誓，我情人世上少有，
　　堪比那些被吹得天花乱坠的红袖。

131

　你这副模样却也这般不近人情，

就像那些因美貌而骄横的姝丽，
只因你知道对我这颗痴迷的心
你乃世上最美丽最珍贵的宝石。
可实言相告，有见过你的人说 5
你的容貌还不至于令恋人叹赏，
我没有勇气公开说是他们弄错，
尽管我心中断定他们信口雌黄。
而我的断言当然不是没有根据，
因一想到你的脸我就喟然兴叹， 10
长叹短吁就接踵而来纷纷证实
你的黑在我看来就是明媚鲜艳。
　　你一点不黑，除了你专横跋扈，
　　我想那种污蔑因此才不胫而走。

132

我爱你的眼睛，它们似乎也怜我，
似乎也知道你的心对我不屑一顾，
所以才披上丧服做钟情的哭丧者，
用伤感同情的目光注视我的痛苦。
这千真万确，天上那灿烂的朝阳 5
使东方苍白的面孔显得美丽娇艳，
而那预示着夜将临的金星的光芒
也使清冷的西天看上去旖旎壮观，
可你的泪眼真正使你的容貌更俊。

哦,既然伤心能够使你更加妩媚,　　10
那就让你的那颗心也来为我伤心,
就让它同样也披上丧服为我伤悲。
　　这样我就会发誓说美本来就是黑,
　　凡缺乏你这种黝黑者都丑陋猥獕。

133

你那使我心呻吟的心真是该死,
因为它深深伤害了我和我朋友!
难道折磨我一个人还不够惬意,
非得让我的朋友也沦为阶下囚?
你冷酷的眼睛早已经把我俘获,　　5
如今又无情地把另一个我霸占。①
你和他以及我自己都抛弃了我,
于是我经受着三三九重的苦难。②
请把我心囚于你铁石般的心房,
让我不幸的心去把他的心保护,　　10
无论谁囚我,让我心为他筑墙,

---

　　① 诗人在第39首第2行中说他的朋友是他自己的一部分,即"另一个我"。此外,诗人在第35首和第40—42首中已经暗示过他这位黑肤情人的不忠。
　　② 你我他三人相互拥有,故一人为三人,一人施加的痛苦即三倍的痛苦。关于"三三得九"之戏说请参阅《爱的徒劳》第5幕第2场中俾隆和考斯塔德的对话。

在我的狱中你就不能让他受苦。
　　可你仍会得逞；因我囚在你心里，
　　所以我心中的一切都必然属于你。

134

好吧，既然我已承认他属于你，
而我自己也抵押给了你的愿望，
那我愿失去我，让另一个自己
能使我永感欣慰地被你所释放。
可你不会放他，他也不想出牢，　　　　5
因你贪得无厌而他又慷慨慈悲。
他签字画押本来只为替我担保，
结果那担保书把他也束缚在内。①
你这雁过也要拔毛的放债人哟，
你想索取你的美带给你的利润，　　　　10
并对为我负债的朋友紧追不舍；
于是我失去他，因我背理违情。②
　　我已失去他，你把我俩双双占有；
　　他还了全部债，可我仍不得自由。

---

①　第7—8行的言外之意是：他原本是前来替我向你求婚（担保我的人品），结果自己却坠入了情网。

②　因"我"竟然让朋友代"我"求婚。

135[①]

只要女人有所愿你就会有所欲,
且欲火难耐欲望难遂欲壑难填;
我虽然总是惹你烦恼招你生气,
却能遂你如此泛滥的甜美欲念。
欲壑这般宽宏这般幽深的你哟,   5
真不容我欲在你欲中躲上一遭?
难道别人所欲都那么恩多惠多,
而我的欲望却没有春晖来照耀?
大海弥弥滔滔依然容雨水汇进,
使它的万顷波涛更加浩浩汤汤;[②]   10
所以请多情的你再纳我一分情,
使你奔放的情欲更加恣意汪洋。
　　别让无情的不字令求爱者窒息,
　　视万欲为一欲,我乃其中之一。

---

① 这首诗和下一首中的"欲""愿""情"等字原文均用 Will 一词,且 Will（威尔）是莎士比亚的名字（威尔乃威廉之昵称）。这是当时文人爱玩的一种字谜,译文很难传达；但若按莎学家们的指点将这两首诗与第129首和第143首一起阅读,此谜之谜底便昭然若揭：Will 即欲（the term *will* meaning carnal desire, *Cliffs Notes on Shakespeare's Sonnets*, p.37）。

② 莎翁将情欲比作容纳百川的大海又见于他的《第十二夜》（又名《各遂所愿》）第1幕第1场第9—11行和《情女怨》第253—256行。

136

　　如果你的心怪你让我靠得太近,
　　就对你无知的心说我乃你所欲,
　　而你的心知道欲在那里被承认,
　　所以请你为爱而满足我的爱意。
　　情欲会填满你珍藏爱情的宝库,　　　5
　　让它充满爱吧,包括我一分情。
　　一可被视为九牛一毛沧海一粟,
　　这在宽宏的巨仓里我们能证明。
　　那就容我混在总数中悄悄进来,
　　尽管你的库单上得填上我一个,　　　10
　　请小瞧我吧,这样会令你开怀,
　　因为渺不足道的我曾使你快活。
　　　　请爱我的名字,并爱它一辈子,
　　　　这样就是爱我,因为我名叫欲。①

137

　　又瞎又蠢的爱,你干了啥勾当,

---

　　① 早期的英语读者肯定一眼就能猜出莎翁的这个字谜并体味其双关寓意,因为当时广为流传的《趣谜书》(*The Book of Merry Riddles*)第51个谜即: My lover's will / I am content for to fulfil; / within this rhyme his name is framed; / Tell me then how he is named?(我情人之所欲／我乐意去满足；／他名字藏此谜；／谁能把它猜出？)读者只消把这首谜诗第1行末的 will(欲)和第2行首的 I am(我是)连成一字便得出谜底 William(威廉)。

265

使我的眼睛大睁着却视而不见?
它们明知美为何物,美在何方,
却把至丑至恶看成了至美至善。
如果说眼睛是因为被偏见歪曲, 5
才在那人人都停泊的海湾停靠,
那你为何用眼的虚妄把钩锻制,
把我心灵的判断力也一并钩牢?
我的心明知那地方是公共场所,
为何会把它当作一泓私人海湾? 10
我的眼睛看出了真相为何不说,
反用真美去粉饰那丑恶的嘴脸?
　因它们一直善恶不辨,美丑不分,
　如今才落下这场自欺欺人的热病。

138①

每次我爱人发誓说她纤尘未染,
我都相信她,虽明知她在撒谎,
让她真以为我还是个无知少年,
尚不谙这世上各种骗人的勾当。
我这般愚蠢地假想她当我年轻, 5
其实她知道我已过了绮年韶华;
我天真地相信她那说谎的舌根,

---

① 这首诗与《爱情追寻者》第1首大同小异。

双方就这样掩盖真情不讲真话。
可她为何不说她并非一清二白？
而我又为何不说我已岁长年尊？　　10
哦，爱之美妙就在于表面信赖，
过来人谈情说爱都不爱提年龄。
　所以我欺骗她，而她也欺骗我，
　我俩就这样瞒着哄着同床共卧。

139

哦，你休想叫我饶恕你的罪过，
原谅你总令我伤心的无情无义。
用舌端伤害我吧，可别用秋波；
使劲儿伤害我吧，但勿施诡计。
心爱的，请告诉我你另有所爱，　　5
可别在我跟前朝别人乱抛媚眼。
既然我无力抵挡你对我的伤害，
那你何必要耍诡诈机巧的手腕？
让我替你辩解吧：我爱人深知
她迷人的目光一直是我的克星，　　10
所以她才把目光从我脸上移去，
好让它们射向他方去伤害别人。
　可别那样；因我伤重已行将就木，
　快用目光杀死我，解除我的痛苦。

140

你既然薄情寡义就该放聪明点,
别用鄙夷使我的沉默忍耐不住,
以免极度悲哀会赐我微词怨言,
抱怨我这种没有人怜悯的痛苦。
如果我真能够教给你这份聪明,   5
那你即便不爱我也最好说你爱,
像脾气暴躁的病人虽死期临近,
也只听见医生说康复指日可待;
因为我一旦绝望也许就会发疯,
而发疯时也许会对你进行中伤,   10
这混淆是非的世界已千疮百孔,
疯狂的耳朵会相信疯狂的诽谤。
  但愿我不发疯,你也不遭诋毁,
  请正眼看我,哪怕你春心高飞。

141

说实话,我的眼睛并不爱你,
因为它们见你有太多的缺陷;
但我的心偏偏喜欢眼睛所弃,
它不顾眼见为实而把你迷恋。
我的耳朵不爱听见你的嗓音,   5
敏感的触觉不喜欢你的抚摩,

味觉和嗅觉也不愿接受邀请
到你感官的华筵盛席上做客；
可无论是我的五官还是五智①
都没法阻止痴心来把你侍奉，　　　10
它擅自私奔离开了我的躯体，
沦为你那颗心的奴隶和侍从。
　　至此我只能认为我因祸得福，
　　因为她诱我犯罪乃让我受苦。②

142

爱是我的罪孽，恨乃你的德行，
你恨我之罪，以爱即罪为理由。
可你只消把我俩相比将心比心，
就会发现爱不能被证明为罪尤；
就算爱即罪，也不该由你裁决，　　　5
因你的嘴唇玷污过自己的红艳，
像我一样常盖印于虚伪的盟约，③

---

① "五智"指常识、鉴赏力、想象力、判断力和记忆力。
② 基督教认为人生即受苦赎罪，既然诗人受苦，也就赎了罪，故曰"因祸得福"。
③ 比较《维罗纳二绅士》第2幕第2场第7行"让我们用神圣的一吻在我们的盟约上盖印"和《罗密欧与朱丽叶》第5幕第3场第114—115行"啊，嘴唇！……在永久的契约上印上合法的一吻！"

盗窃过别人付过租的床笫之欢。①
让我爱你跟你爱别人一样合法,
你向他人求爱就好比我恳求你; 10
让怜悯在你心中生根发芽开花,
你怜别人才值得别人怜香惜玉。
　若你只知贪求你自己吝啬之物,
　别人就会效法你对你弃之不顾。

143

瞧！像一个精明而焦虑的主妇②
急匆匆去追赶一只逃走的公鸡,③
她丢下自己的孩子而步履急速,
一心要撵上她本该等候的东西。
被她忽略的孩子则跟在她身后, 5
哭着喊着想要追上自己的母亲,
而她毫不理会孩子的哭喊哀求,
只顾追那可望而不可即的畜生。

---

　① 此行暗示黑肤女郎的新欢是有妇之夫。
　② "主妇"原文为 housewife, 这个词在中古英语和某些方言中既指主妇,又指荡妇。
　③ "公鸡"原文作 feathered creature（有羽毛的动物）。伊丽莎白时代上流社会的男子时兴戴羽毛头饰,文学作品中以此来比喻纨绔子弟或他们华丽的服饰。莎翁在《爱的徒劳》第 4 幕第 1 场中借法国公主之口称唐·亚马多为"羽毛堆中的一片羽毛"（plume of feathers）。本诗中的 feathered creature 喻诗人的情敌。

你也在追那个离你而去的家伙,
而我就好比那孩子在追赶母亲,　　　10
但你若如愿以偿,请回头领我,
尽母亲的本分轻轻给我一个吻。
　如果你真肯回来止住我的哭啼,
　我将祈求神灵让你获得你所欲。①

144②

我有两个爱人令我绝望或欢娱,
他们像两个总在驱使我的精灵。
好精灵是一个美如天使的男子,
坏精灵是一个黑如魔鬼的女人。
魔鬼为了诱我尽快朝地狱下坠,　　　5
便把善良的天使从我身边引开,
她还想让他从圣徒堕落成魔鬼,
又以邪恶的倨傲诱惑他的清白;③
我的天使是否真的变成了恶魔,
对此我可以猜疑但还不能断定;　　　10
可他俩成了朋友又都离开了我,

---

① 参阅第 135 首及相关注释。
② 此诗与《爱情追寻者》第 2 首大同小异。
③ 倨傲乃七恶之首,撒旦就因倨傲而从天使堕落为魔鬼(七恶即基督教认为使灵魂得不到拯救的七种弥天大罪:倨傲、贪婪、淫欲、愤怒、饕餮、妒忌和懒惰)。

所以我猜天使已进了地狱大门。
　但真情我不得而知也永远猜不透，
　除非魔鬼用地狱之火把天使撵走。

145[①]

爱神亲手造的那两片嘴唇
冲着因思念她而憔悴的我
发出了"我恨"这个声音；
但是当她看见我伤心难过，
怜悯便从她心中挺身而出，　　　　5
责怪她那一向甜蜜的舌端
没像习惯的那样宣布宽恕，
并教它如何重新做出宣判；
于是她马上改口增添字眼，
在"我恨"后又加上半句，　　　　10
这半句犹如黑夜后的白天，
夜像魔鬼从天堂逃回地狱。
　她摒弃了"我恨"中的恨意，
　救命似的说"我恨的不是你"。

146

可怜的灵魂，我罪恶肉体之中央，

---

　① 此诗原文每行只有8个音节，而其他各首每行为10个音节，有人据此认为这首诗并非出自莎翁手笔。

被你装饰的叛逆之躯束缚的奴隶,
你为何在里面忍饥挨饿肌瘦面黄,
却把这外壳粉饰得这般华美艳丽?
这寓所租期太短,而且摇摇欲坠,① 　5
那你干吗要为这破房子挥金如土?
难道你的租金不将由蛆虫来消费?
难道被蛆虫吞食不是肉体的归宿?
所以哟,用你肉体的损耗来度日,
让它消瘦憔悴,以增加你的给养; 　10
用短促的时辰去换取永恒的租期,②
让内心充实,别再虚有一副皮囊。
　　这样你就能吞噬吞食世人的死神,
　　而死神一死,死亡就再不会发生。③

147

我的热恋就好像是一场热病,
它总渴望一种更长期的照料,
于是就偷吃维持病状的食品,
去满足那种古怪的病态需要。

---

① 肉体乃灵魂之寓所,反之灵魂则为肉体的房客。
② 喻牺牲现世的肉体享乐以求灵魂被拯救。
③ 《圣经·旧约·以赛亚书》第 25 章第 8 节云:"上帝将吞噬死亡,直至永远。"《圣经·新约·哥林多前书》第 15 章第 26 节曰:"上帝要毁灭的最后敌人就是死亡。"《圣经·新约·启示录》第 21 章第 4 节说:"死亡将不复存在。"

为我治疗热病的医生是理智， 5
他怒于我未遵嘱使用其处方，
便撒手而去，结果绝望证实
医药所禁忌的欲望就是死亡。①
既然理智撒手，此病不可医，
我便再无安宁并越来越痴癫； 10
我终日所思所言与疯子无异，
思则想入非非言则呓语连篇；
　　因为我曾说你艳丽并认为你美，
　　可你像地狱那样暗，夜一般黑。

148

天哪，爱赐给我的是什么眼力，
它们所见与真情实景大不一样！
如果说所见是真，理智在哪里，
它竟然把眼中的真实判为虚妄？
若我昏花的眼睛迷恋的是真美， 5
那世人都说并非如此又是何由？
若所见不美，那爱就明确意味
情人的眼睛不如常人的看得透。
何以至此？哦，爱眼怎会明晰，

---

① 《圣经·新约·罗马书》第8章第6节云："受欲望支配就是死亡，受圣灵管束便是生命与安宁。"

它既要望眼欲穿又要泪眼汪汪?   10
所以我即便看花眼也不足为奇,
因太阳也须晴日方可明鉴八方。
  狡猾的爱哟,你用泪弄花我眼,
  唯恐明眼会发现你丑陋的缺陷。

149

狠心的,你怎么能说我不爱你,
既然我与你一道把我自己反对?
暴君哟,难道我没为你害相思,
既然我已完全忘记了自己是谁?
我可曾把你所恨者当作过朋友?①   5
我可曾对你所厌恶者献过殷勤?
非但如此,只要你对我皱眉头,
我难道不马上伤心地自责自恨?
我身上还有什么可夸耀的优点,
以致那么骄傲竟不屑把你侍奉,   10
既然我的美德都崇拜你的缺陷,
对你眼睛一眨一闪都唯命是从?
  爱哟,恨我吧,我已猜透你心思;
  你爱的是明眼人,而我是个瞎子。

---

① 这行诗之原文通常会令西方读者联想到《圣经·旧约·诗篇》第 139 篇第 21 节:"上帝哟,我多么恨你之所恨!"

150

哦，你从哪里获得这巨大魅力，
无貌无德却能够把我的心支配，
使我把我忠实的目光称为骗子，
并断言白昼之美并非因为明媚？
你从何处学得变丑为美的伎俩，　　　　5
以致你一举一动一颦一笑之间
都具有毋庸置疑的智慧和力量，
使你的极恶在我心中胜似至善？①
谁教你使我对你的爱愈演愈烈，
当我见我闻令我的恨与日俱增？　　　　10
哦，虽我所爱被别人深恶痛绝，
你也不该与别人一道把我怨恨。
　既然不值得爱的你激起了我的爱，
　那么我就更加值得你的倾心青睐。

151

爱神尚年幼，不懂良知是什么，②

---

① 参阅《安东尼与克莉奥佩特拉》第 2 幕第 2 场第 237—239 行，"极丑恶的东西一到她身上就会变成美艳，即使她卖弄风情时牧师也得为她祝福"。
② 参阅第 115 首第 13 行及其注释。

可谁不知晓良知是由爱心唤醒？①
所以温柔的骗子，请别刁难我，
以免我的罪孽把你的风流证明。②
因为你一直在引诱我误入歧途，　　　　5
我才把灵魂出卖给叛逆的肉体。
我灵魂说肉体会赢得爱的幸福，
可肉体不耐烦听灵魂继续阐释，
而是一听你的芳名就昂首挺胸，
说你就是它从情场赢得的奖赏。　　　　10
它头脑膨胀竟甘愿当你的仆从，
日夜站在你身边或倒在你身旁。
　别认为我称她为爱是良知缺乏，
　为她真心的爱我不辞起伏上下。③

152

你知道我因爱你而把誓言背弃，

---

① "良知"之原文 conscience（con-science）一语双关，一方面宣扬了文艺复兴时期人文主义的观念"爱使爱者升华"（Love exalts the lover），但在另一方面，由于伊丽莎白时代和詹姆斯一世时代的文人常把英文 con（熟谙）作为法语 con（本义阴部，比喻性交）的委婉语，故当时的读者很容易从"良知"中读出"良辰春宵的知识"这个隐喻，从而把第 1—2 行读作"爱神尚年幼，不懂性欲是什么，/ 可谁不知晓性欲是由爱心唤醒？"

② 意为"请别说我缺乏 conscience（良知），以免我唤醒 con-science（性欲）来证明……"

③ 此诗后 6 行中的"昂首挺胸""头脑膨胀"和"起伏上下"等委婉语之含义请参阅《罗密欧与朱丽叶》第 2 幕第 1 场第 23—27 行茂丘西奥的那段粗话。

可你发誓说爱我则是两番毁盟,
你的床头盟毁在床头交欢之时,
而新盟毁在新欢后的新恨之中。①
可对你两度毁盟我干吗要责怪, 5
既然我常发假誓,常自食其言?
我的誓言都是在为你颠倒黑白,
在你身上我丧失了正直与清廉。
因为我一直发誓说你温柔多情,
把你的爱心、诚实和忠贞虚夸, 10
为了替你增辉,我让眼睛失明,
或让它们发假誓,睁眼说瞎话。
　　因我说你美,善于作伪证的眼光
　　便不顾事实去证明我的弥天大谎!②

153

丘比特放下他的火炬酣然睡去,
狄安娜的一名侍女便趁此机会③

---

① 此诗第 3—4 行意为:你若履行誓言与我相爱就毁弃了你与你丈夫的盟约,而你若因后悔而恨我则毁弃了你对我的盟誓。有莎学家据此认为首行中诗人所背弃的"誓言"不是指诗人与他那位俊友的金石之盟,而是指诗人与其妻(Anne Hathaway)的海誓山盟。

② 诗人对其情人(黑肤女郎)的歌颂和抱怨到此为止。后面大同小异的第 153 首和第 154 首可视为本集的结束诗。

③ 月神狄安娜是位贞洁的处女神,她的侍女宁芙们(Nymphs)也都是守身如玉的处女。

飞快地把那枚点燃爱火的火炬
浸入了附近山谷中清冷的泉水；
清泉水从这团神圣的爱之火焰　　　　　5
获得了一股永远不冷却的热能，
从此变成了温泉，而直到今天
人们还觉得它能治愈各种怪病。
爱神又从我情人眼里点燃火炬，
为了试火他非得碰碰我的胸脯；　　　　10
结果我不幸罹病，且烦躁悒郁，
便急急忙忙地赶往那温泉求助，
　可医治无效，因能治我病的温泉
　是重燃爱神火炬的我情人的双眼。

154

据说小爱神有一次睡得挺熟，
把点燃爱火的火炬放在身边，
这时一群要守身如玉的宁芙①
正好从旁边经过，步履翩然；
最美的一位仙女偷取了火炬，　　　　　5
因它曾在无数心中把火点旺，
于是爱情的主宰在酣睡之时
被一只贞洁的手解除了武装。

---

① 参见第 153 首第 2 行及其注释。

仙女在附近的冷泉把火浸灭，
冷泉因爱火永远变成了温泉，　　　　10
这温泉能治疗百病祛瘟除邪；
可当我被情人弄得神倒魂颠，
　去那温泉求治才证实这一真情：
　爱火能烧热水却不会被水浇冷。①

----

① 《圣经·旧约·雅歌》第8章第6—7节云："爱之火犹如烈焰熊熊燃烧，水不能够将其浇冷，洪流也不能将其吞没。"

情女怨

从一座小山，从毗邻溪谷，
一段哀伤的故事悠悠飘出，
心灵被回荡的哀怨声吸引，
我躺下身静听那悲怆的倾诉，
原来是位脸色苍白的姑娘　　　　　5
正一边掰断戒指一边撕情书，
满腔凄风苦雨，满面泪珠。

她头上戴着顶宽边草帽，
遮住了阳光，也掩住了容貌，
可细心人偶尔也能看出　　　　　　10
她曾眉眼秀美，仪容姣好，
时间未刈尽其青春俏丽，
天怒也没毁尽其绮年曼妙，
风霜岁月难掩她昔日妖娆。

她不时将丝手绢凑到眼前，　　　　15
手绢绣有精巧的文字图案，

文字图案已浸透了泪水，
泪如雨下皆因柔肠百转；
她反复咀嚼那文图的深意，
频频仰天呼号，低头悲叹， 20
含糊的嘟囔声也悱恻缠绵。

她忽而抬起双眼，凝眸仰视，
仿佛是举枪瞄准遥远的天体；
忽而收回其哀婉凄恻的目光，
目不转睛地凝望苍茫大地， 25
随即又放眼扫视眼前的一切，
万物历历在目，可皆为空虚，
迷蒙的双眼像她迷茫的思绪。

她头发未梳理，但也不蓬松，
显然她已无心妆扮其颜容； 30
几绺乱发从草帽内边垂下，
在苍白憔悴的脸颊旁飘动；
其余秀发依然被编成发辫，
由一根丝带随意地束拢，
虽不经意，也不散乱蓬蓬。 35

她从篮子里取出许多信物，
水晶、琥珀、美玉、珍珠，

此时她坐在湿漉漉的河畔,
一边抛撒珠宝一边恸哭;
仿佛要让泪水使河水漫溢, 40
就像君王不理饥贫的债户,
却把赏赐抛给富足的债主。

她又展开一封封折叠的情书,
一读三叹,撕碎后付诸东流;
砸碎一个个金镶玉铭文戒指, 45
挥手任其葬身于河底泥垢;
随后取出些鲜血写成的书信,
信都用丝线精心扎成细轴,
当初紧扎是以防私密泄漏。

血书入眼又勾起她多少伤悲, 50
又赚了她多少亲吻和眼泪!
"虚伪的血哟,你记录谎言,
无效的证据呈堂只能作废!
白纸黑字似乎也比你管用。"
说着她悲愤地把血书撕毁, 55
血书成碎片,姑娘心也碎。

一位牧牛的老人正在河旁,
他也曾少不更事,逍遥浪荡,

见识过都市宫廷的风流纷争，
深知情随事迁，人生无常； 60
此时他走向为情所困的少女，
凭着一把年岁他不避嫌猜，
要问问姑娘为何这样悲伤。

他拄着手中的拐杖缓缓坐下，
不近不远坐在那少女身旁； 65
坐定后他轻声向姑娘发问，
能不能把心中哀痛跟他讲讲？
看他这个老头儿有没有办法
减轻她如潮如涌的悲伤，
也宽慰一个老人的慈悲心肠？ 70

"老伯哟，你瞧，"姑娘启口道，
"别看我精神萎靡，形容枯槁，
就以为我韶华已逝，青春已消，
我显老只因为饱受悲痛煎熬。
如果我以前知道自珍自爱， 75
不受诱惑投入别人的怀抱，
我今天还是可以绽放的花苞。

"可我真不幸！当我还年轻，
有个青年就想获我的爱心，

啊,他相貌堂堂,高大英俊,   80
姑娘们一见他都目不转睛。
追求归宿的爱都想进他家门,
谁要住进了他那漂亮的寓所,
谁就会成为童话中的仙女新人。

"他一头飘垂的棕发微微卷曲,   85
随着每一丝微风款款飘逸,
丝一般柔滑的发丝摩挲其嘴唇,
有什么好事他不能随心所欲?
每一双看他的眼睛都会着魔,
因为那张脸似乎会让人遐思   90
伊甸园所能见到的融融欢娱。

"他下巴上刚显出男人气息,
新冒出一层细茸茸的胡须,
像天鹅绒紧贴光洁的皮肤,
光洁的皮肤本来无需装饰,   95
可髭髯让那张脸更显英俊;
连爱慕者也困惑,颇费猜疑,
胡须之蓄留到底是利是弊。

"他个性展现一如其外貌,
说话轻言细语,不拐弯抹角;   100

可一旦被激怒他也会发飙,
变得像四五月间的雷霆风暴,
不过雷声虽大,雨点却小。
他那种年轻人特有的轻率
替虚伪披上了率真的外套。　　　　　105

"他擅长骑术,人们常议论:
'马在他胯下就特别精神,
由他驾驭就更显庄重高贵,
驰、跃、转、停都格外轻盈!'
而由此也引出了一场争论:　　　　　110
到底是骑术精湛才显马好,
还是马好才显骑手超群?

"但对此很快就有了说法:
一切都出自他的气质才华,
他身上衣装和胯下骏马,　　　　　　115
华丽,高贵,都因为有他,
身外之物因他才更加美好,
额外装饰于他徒锦上添花,
是他让美服骏马更显高雅。

"他巧舌如簧,能言善辩,　　　　　　120
各种观点和问题都挂在舌尖,

张口就能答,随口即可问,
他展示口才可不管黑夜白天。
常使欢者落泪,伤心者开颜,
凭着他那条三寸不烂之舌, 125
他可令三生颠倒,七情泛滥。

"所以他把众人的内心控制,
不管青年老年,或是男是女,
有人听从差遣,紧紧追随,
有人情深意切,暗暗相思, 130
他话未出口众人皆已赞同,
而且还继续揣摩他的心思,
随时曲意逢迎,拍马溜须。

"许多人设法弄到他的画像,
或挂在眼前,或贴在心上; 135
就像某个爱想入非非的痴人
在国外旅行看见田舍风光,
心里便把那田舍都划归己有,
并从这画饼感到无限满足,
比那田舍的主人还心情舒畅。 140

"有人连他的手也不曾触摸,
便美滋滋地以为是他的真爱。

不幸的我那时还能自立自主,
还能完完全全地自由自在,
可惑于他花言巧语,青春风流, 145
我把真情投入了他的胸怀,
结果只留空枝,花被他采摘。

"不过我也不像有些女人,
向他索讨,或对他有求必应;
开始我也爱护自己的名声, 150
尽量避免与他过分亲近。
他多情所俘获的猎物的血迹
就像这枚赝品宝石的饰衬
作为鉴戒为我筑起卫城。

"可是哟,有谁因为前车之鉴 155
就躲过了命中注定的灾祸?
有谁能压抑追求幸福的欲望,
因前人翻车自己就勿蹈覆辙?
忠告劝阻只能缓一时冲动,
可人若发狂,任何规劝斥责 160
都只能使人的欲望更加自我。

"说什么不要再犯前人的过错,
说什么别尝那甜蜜的禁果,

还说要提防裹着蜂蜜的毒药，
可忠言没法浇灭这熊熊欲火。　　　165
啊，欲望从不受理智束缚，
总想亲自试试自己的味觉，
哪怕理智哭喊那是灭顶之祸！

"我还能说说这个人的虚假，
我知晓他那套骗人的方法；　　　170
见过他如何用微笑掩饰欺骗，
听说他常在别人地头种庄稼，
我知道他发誓是为了引诱，
他的甜言蜜语不过是谎话，
是他心底开出的邪恶之花。　　　175

"正如此我才把城池坚守，
直到他开始围城，进攻城头：
'好姑娘，请可怜我激情难耐，
千万别害怕我神圣的追求。
我只对你才发这种山盟海誓，　　180
因我虽多次应邀把欢宴享受，
但今天才首次发出合欢请求。

"'你知我外边那些风流罪孽
都是逢场作趣，非两心相悦；

彼此都不动情,更没有真心, 185
那不算做爱,只是性欲宣泄。
她们自寻其辱,终得其羞,
所以她们越是对我痛加谴责,
我就越是没有愧疚的感觉。

"'我看上的姑娘也着实不少, 190
可没谁用情让我爱火中烧,
没谁让我感情有一丝波动,
我从不内心忐忑,神魂颠倒。
我伤害她们自己却不受伤,
我俘获芳心自己心却逍遥, 195
像发号施令的君王心高气傲。

"'瞧瞧伤心人儿送我的礼物,
血红的宝石,苍白的珍珠;
象征着她们贡奉给我的感情——
忧伤和羞怯,一看就能领悟: 200
白代表忧伤,红象征羞辱,
表面的端庄,内心的惊恐,
令她们半推半就,欲掩还露。

"'你再瞧瞧这一缕缕秀发,
妖娆地缠饰着银叶金花, 205

送我秀发的都是些漂亮女人，
她们都流着眼泪求我收下，
另外还送给我精美的宝石，
附有精心写就的诗文词话
详述每块宝石的质地售价。 210

"'钻石？哈，既坚硬又美丽，
美丽坚贞就是其内在的品质；
这深绿翡翠是多么鲜艳，
其夺目光彩可以矫正视力；
蓝宝石，蛋白石，绚丽多彩， 215
每块宝石都被极力吹嘘，
或引人发笑，或令人叹息。

"'瞧，这些烫手的爱情信物，
见证过忧伤、欲望和屈服，
可老天告诉我不能将其保留， 220
得把它们放置在该放之处——
就是给你，我的摇篮和坟墓；
这些珠宝都是献给的供品，
因为我是祭坛，你把我庇护。

"'哦，快伸出你的纤纤玉手， 225
你那白嫩得难以形容的玉手，

用你的热情使这些信物神圣，
让这些珍宝全部归你所有；
作为你的仆人我只听你吩咐，
为你清点这些零散的宝物，　　　　　230
将其分门别类，登记进账簿。

"'瞧，送我这纹章的是个女尼，
或一位献身上帝的圣洁修女，
当初她拒绝了宫廷子弟求婚，
她拥有人见人爱的天生丽质，　　　　235
追求者都是有钱有势的贵族，
可她却冷眼相待，最后逃离，
要把余生之爱永远献给上帝。

"'可宝贝儿哟，那是何等悲苦，
抛弃应有的欢娱去侍奉天主，　　　　240
囚身于爱神难以到达的地方，
戴着无形的枷锁念诵经书！
她费尽苦心守护她的名誉，
为避免受伤而躲开争风吃醋，
其勇气非抗争，而是远离世俗。　　　245

"'请原谅我在此据实吹牛！
是机缘巧合让我与她邂逅，

她的定力瞬间就被我征服，
一心想从修道院高飞远走；
狂热的爱战胜了戒律清规， 250
她当初幽居是怕被引诱，
如今却冒险要把欢爱尽收。

"'啊，请听我说，你浩瀚无垠！
我所拥有的那些破碎的心
都将其泉水倾入我这口深井， 255
现在我把井水注入你这片汪洋，
征服她们的我向你俯首称臣，
所以你已把我们全部征服，
愿全部的爱能感化你的无情。

"'我有魅力打动圣洁的修女， 260
她可是端庄淑静，能自持自律，
但一见我她就相信她的眼睛，
什么誓约和弥撒都统统抛弃。
哦，可是对于你，我的最爱，
誓约和束缚全都无须考虑， 265
因为你就是一切，一切都归你。

"'你想要征用，那规则算什么？
不过是繁文缛节，陈规陋习；

你要想纵情，会有什么障碍？
管什么律法亲情、金钱名誉！　　　　　270
爱征服一切，包括理智廉耻。
爱能承受苦痛、恐惧和打击；
爱能把所有痛苦都变成甜蜜。

"'此刻信赖我心的颗颗芳心
都因感到我心碎而泣血悲叹，　　　　　275
都苦苦求你对我不要太狠，
别再无情地把我这颗心摧残，
请耐心倾听我美好的憧憬，
用你的灵魂来验证我的誓言，
这誓言日月可照，苍天可鉴。'　　　　280

"他长篇大论时一直盯着我看，
说完这番话却垂下一双泪眼；
两条小河顺着他双颊流淌，
宛若一道飞流直下的水帘。
啊，那河岸的风光多么秀美！　　　　　285
水晶帘后的玫瑰多么红艳！
咸涩的泪水也掩不住俊美容颜。

"多么小一粒泪珠，老伯哟，
竟包含那么不可抗拒的诱惑！

而面对他那滚滚奔涌的泪河,　　　　290
有什么铁石心肠不被冲破?
有什么古井死水不泛涟波?
报应啊!幽幽冰心,熊熊欲火,
既因此燃烧,也因此冷却。

"因为他的爱情不过是奸诈,　　　　295
但却让我的理智化作泪花;
于是我脱下了贞节的白衣,
解除了警卫,也不再害怕;
我俩泪脸相对,泪眼相视,
但我俩的眼泪可是判若天涯,　　　　300
他的泪害我,我的泪利他。

"他满肚子都是骗人的伎俩,
善于故弄玄虚,变换花样,
脸色忽而通红,忽而惨白,
为欲擒故纵还不时眼泪汪汪,　　　　305
任何花招他都玩得神乎其技,
听粗话脸红,闻悲则哀伤,
目睹惨剧或昏厥或面色苍黄。

"每一个被他盯上的女人
都难逃出他那柄猎枪的射程,　　　　310

295

他表面上装得温文尔雅,
以此来猎取他欲获的芳心。
他爱对他的猎物求全责备;
而当他欲火中烧,欲念旺盛,
却大赞清纯贞操、古井冰心。　　　　315

"就这样仅凭一袭优雅外衣,
他掩盖了赤裸裸的恶魔本质,
天真烂漫的少女受骗上当,
以为他是头顶盘旋的天使。
哪个纯真的姑娘不想被人爱?　　　　320
唉,我已堕落,但我问自己
再遇色狼恶魔我该如何处置。

"啊,他那两汪荡人心旌的泪水,
啊,他那两朵开在双颊的玫瑰,
啊,他心底发出的如雷怒吼,　　　　325
啊,他胸中呼出的忧郁伤悲,
唉,这些亦幻亦真的虚伪表演
会让吃过亏的姑娘再次吃亏,
会让悔过罪的少女重新犯罪。"

爱情追寻者

1①

每次我爱人发誓说她青春烂漫,
我都相信她,虽明知她在撒谎,
让她真以为我还是个无知少年,
不擅对付这世间各种骗人勾当。
我这般愚蠢地假想她当我年轻, 5
虽然我知道自己早过绮年韶华;
我微笑着相信她那说谎的舌根,
用欢爱的不安忽视爱情的误差。
可她为何不说她并非带露含苞?
而我又为何不说我已岁长年尊? 10
哦,爱之美妙就在于互相讨好,
过来人谈情说爱都不爱提年龄。
　既然靠谎言能掩盖彼此的过错,
　我俩就这样瞒着哄着同床共卧。

---

① 此诗与《十四行诗集》第 138 首大同小异。

2[①]

我有两个爱人令我绝望或欢娱,
他俩像两个总在驱使我的精灵。
好精灵是一个美如天使的男子,
坏精灵是一个黑如魔鬼的女人。
魔鬼为诱惑我尽快朝地狱下坠,   5
便把善良的天使从我身边引开,
她还想让他从圣徒堕落成魔鬼,
又以邪恶的倨傲诱惑他的清白;[②]
我的天使是否真的变成了恶魔,
对此我可以猜疑,但不能断定;   10
因他俩成了朋友,都离开了我,
所以我猜天使已进了地狱大门。
  但真情我不得而知也永远猜不透,
  除非魔鬼用地狱之火把天使撵走。

3[③]

难道不是你眼中的花言巧语,
劝我的心作伪证,违背誓言?
世人难与你雄辩的双眸争执,

---

① 此诗与《十四行诗集》第 144 首大同小异。
② 参见本书《十四行诗集》第 144 首相关注释。
③ 此诗与《爱的徒劳》第 4 幕第 3 场第 58—71 行大同小异。

298

因你而违背誓言就不该遭谴。
我抛弃的只是一个人间凡女,　　　　5
可我却能证明你是天上神仙;
为天仙之爱而背弃凡尘盟誓,
你的恩惠可洗刷我所有污点。
我的誓言是口中呼出的水雾,
而你是普照人间的杲杲赤日,　　　　10
蒸干这水雾吧,它为你呼出,
我违背誓言可不是我的过失。
　就算我错,可哪个傻瓜不愿
　靠背信毁誓而赢得天堂乐园?

4

美艳的库忒瑞亚坐在小溪岸边,①
身旁是挺可爱的美少年阿多尼,
她不断变换着媚眼挑逗那少年,
她娇媚的秋波非凡尘姝丽可比。
她贴着他耳根讲着有趣的故事,　　　5
她凑到他眼前卖弄着万般风情,
为讨他欢心她上下抚摸他身体,
如此温柔的抚摸常能征服童贞。

---

① 库忒瑞亚(Cytherea)是希腊神话中爱神阿佛洛狄忒的别名之一,因这位女神的崇拜地之一库忒拉岛而得名。阿佛洛狄忒的拉丁名即维纳斯。

可不知是他年少不懂男欢女爱，
还是有意拒绝爱神的投怀送抱，　　　10
那条小鱼对香饵就是不理不睬，
对她的搔首弄姿只会嗤嗤哂笑。
　　于是她横陈玉体，想束手就擒，
　　可傻男孩哟，却起身抬腿走人。

5①

假使爱叫我背誓，我怎能发誓去爱？
若非对美人发誓，誓言怎么能恪守？
我对己言而无信，对你却披心坦怀；
我犹铮铮橡树的心对你却依依如柳。
我就像学童逃学把你的眼睛当书读，　　5
读书能获取的快乐全都在你的眼里。
如果求知是目的，知你就已经富足，
能为你吟诵赞美诗就算是博闻强识；
谁见你而不惊叹，肯定是天生愚顽；
我对你只有赞美、钦慕和顶礼膜拜；　　10
你发怒时声如惊雷，目光恍若闪电，
静时如温暖的炉火，声音则像天籁。
　　你宛若天上女神，请恕我爱得莽撞，
　　竟想用凡尘的贫词拙句把女神颂扬。

---

①　此诗与《爱的徒劳》第 4 幕第 2 场第 105—118 行大同小异。

300

6

太阳才刚刚把露水珠儿蒸发,
羊群才刚刚躲进阴凉的树林,
正为情所困的爱神库忒瑞亚
就眼巴巴地盼着阿多尼来临,
她在小河边一棵柳树下等待, 5
因为阿多尼常来这小河游泳。
天再热也热不过女神的情怀,
她心急火燎地搜寻他的身影。
他终于来了,还脱掉了披风,
赤身裸体地站在青翠的岸上; 10
太阳俯瞰着大地,目光炯炯,
可女神盯他的目光更为滚烫。
 突然瞥见她,他一头扎进水里,
 她悲叹:"我为何不用水做身子?"

7

我爱人漂亮,但却波谲云诡,
温柔如鸽子,但多虚情假意,
比玻璃更亮,但也同样易碎,
比蜂蜡更软,但像铁易锈蚀;
 宛若一朵百合花用红粉敷饰, 5
 美艳甲天下,但虚假也无比。

她频频亲我的嘴，吻我的唇，
一亲一吻间说不尽山盟海誓！
她编造了许多谎言讨我欢心，
说怕我不爱她，会离她而去。　　　　　10
　　可在她那些听似清纯的话里，
　　浸泪的誓言也都是逢场作戏。

她的爱像干柴枯草一点就燃，
她像烧完柴草一样燃尽爱意；
她点燃爱火，但又熄灭火焰，　　　　　15
她想爱永恒，但又中途放弃。
　　她到底是为了爱情还是为淫荡？
　　倾城？花魁？但皆非国色天香。

8

如果甜美的诗歌与悦耳音乐
必须像亲兄妹之间那样热和，
那我俩之间的爱就必定和谐。
因为你爱音乐，而我爱诗歌。
你喜欢道兰，其天才的演奏[①]　　　　5

---

　　① 道兰（John Dowland, 1563—1626），英国作曲家及演奏家，曾在欧洲多国宫廷演奏，1596—1606年在丹麦国王克里斯蒂安四世的宫廷任琴师，1612—1626年为英王詹姆斯一世的皇家琴师。

令普天下人都听得如醉如痴；
我爱斯宾塞，爱他文采风流，[1]
其想象超凡绝伦无须我证实。
你最爱聆听阿波罗那柄竖琴
弹奏出悠扬婉转的天籁之声；   10
而我却最迷恋由阿波罗本人
把最最美妙的诗章亲口吟诵。
  诗人想象这一尊神身兼二职，[2]
  你一士爱二娇，也兼而得之。

9

美丽的爱神迎着美丽的晨霭
…… …… …… …… ……，[3]
悲伤使她的脸比其白鸽还白，[4]
这都怪阿多尼，那执拗少年；
她在一座陡峭小山顶上站立   5
见阿多尼携号角和猎犬现身；
此时爱神的担心压过了情欲，
告诫少年千万别去那片树林；

---

[1] 斯宾塞（Edmund Spenser，1552—1599），英国著名诗人，著有长诗《仙国女王》(*The Faerie Queene*)和十四行诗集《小爱神》(*Amoretti*)等。
[2] 在希腊罗马神话中，太阳神阿波罗身兼多职，诗歌和音乐都归他司管。
[3] 此行原文佚失。
[4] 参见本书《维纳斯与阿多尼》第153行及其注释。

她说："我曾目睹在灌木丛中
一位美少年被一头野猪咬伤，　　　　　10
伤在大腿，看着就叫人心痛！
瞧，深深的伤口就在这地方。"
　　她边说边露出大腿让他看伤疤，
　　他红着脸逃走，把她一人丢下。

10

艳丽的玫瑰被早摘，很快就萎蔫，
含苞娇花被攀折，春日里就凋零！
光彩夺目的珍珠哟，竟过早黯淡！
风华正茂的人儿哟，竟遭遇死神！
　　就好像悬挂在枝头上的青青涩果，　　5
　　还不到成熟的季节就被狂风吹落。

我为你哭泣，却说不出到底为何；
难道就为你遗嘱中没给我留遗产？
可你给我留下的比我想要的还多，
因我对你的遗产本来就不存觊觎。　　10
　　哦，不，我的爱友，我求你宽恕，
　　你实际上为我遗留下了你的悲苦。

11

爱神维纳斯坐在桃金娘树下，

开始向挨着她的阿多尼求欢,
她告诉少年战神曾如何追她
少年躺下,她趁势扑向少年。
她说"战神就这样把我抱住", 5
说着她把阿多尼拥进了怀里;
她说"就这样脱下我的衣服",
仿佛那少年也懂得偷香窃玉;
"就这样用嘴唇堵住我舌头",
说着她凑上樱唇把少年亲吻; 10
少年趁着她喘气跳起身逃走,
既不解其春心也不贪其欢情。
　　啊,多希望我情人也这般如意,
　　亲吻我,拥抱我,直到我离去!

12

乖僻的老年难与青春并岁共存:
青春充满欢乐,老年充满忧心;
青春似春日朝阳,老年像秋景;
青春如夏日,老年若冬日黄昏;
青春生机勃勃,老年暮气沉沉; 5
青春身手敏捷,老年腿脚迟钝;
青春热血奔流,老年体弱血冷;
青春豪迈狂放,老年枯燥沉闷;
啊,我厌恶老年,我礼赞青春!

305

哦,我的爱哟,我爱人正年轻! 10
 我蔑视老年,所以哟,牧羊人,
 快去吧,你已辜负了太多光阴。

13

美不过是一种虚无缥缈的东西,
不过是一片会倏然黯淡的光华,
不过是一块一敲就破碎的玻璃,
不过是一朵绽开就枯萎的娇花,
 无论是理想、光华、玻璃或花卉, 5
 都容易丢失,黯淡、破碎或枯萎。

像一旦丢失就很难找回的东西,
像一旦黯淡就很难擦亮的光华,
像一旦破碎就很难黏合的玻璃,
像一旦凋谢就零落成泥的娇花, 10
 美一旦被玷污,就会永远失去,
 修补、粉饰或搜寻都枉费心机。

14

晚安!睡好!哈!这我可无福消受!
她道这声晚安,却搅得我彻夜难眠;
打发我到这个窄小的房间面壁思忧,
对自己的霉运胡思乱想,提心吊胆。

"明天再见,"她说,"请一路好走!"　　5
我脚下哪有好路,我已经吃尽苦头。

不过,她向我告别时的确嫣然一笑,
是嘲笑还是友好,这令我颇费思量,
那说不定是她对我背井离乡的讥嘲,
可也许她是想让我再去她那儿闲逛;　　10
　"闲逛"这个阴郁的字眼还真像我,
　我已费尽心机,但迄今仍一无所获。

啊,我两眼是多么急迫地盯着东方!
啊,我的心谴责时钟走得磨磨蹭蹭!
清晨会让昏睡的感官全都离开梦乡,　　15
可我已不敢贸然相信我眼睛的功能。
　夜莺栖枝头夜歌,我坐在床头聆听,
　我多希望夜莺的歌声变成云雀啼鸣。

因为云雀用她婉转的啼鸣迎接白天,
赶走那阴沉、凄凉、做噩梦的黑夜;　　20
黑夜一被赶走,我就去和美人相见,
眼睛期待着秀色,心儿憧憬着欢悦;
　悲哀变成了欣慰,欣慰夹杂着悲哀,
　因为昨晚她是叹着气说"明天再来"。

若与她共度良宵，只会情人恨夜短，　　25
可现在非要六十分钟才凑够一小时；
时间也与我作对，这真是度时如年，
若非为了折磨我，太阳早照耀花枝！
　　快滚吧，黑夜，我向你讨借点时光，
　　短一点吧，今宵，到天亮后再延长。　　30

配乐散曲

15

名门闺秀三朵花，数她最漂亮，
她暗恋家庭教师，这实属正常，
直到看见个英国佬，英俊大方，
　　姑娘禁不住心旌荡漾。

姑娘为此千般踌躇，万般犹豫，　　5
或爱堂堂骑士，或爱家庭教师，
较短论长都难取舍，这道难题
　　难住了可怜的少女！

总得舍弃一个，这真令人惬怛，
一个姑娘不能同时披两袭婚纱，　　10

最后是骑士伤心，殷勤全白搭，
　　唉，她也没有办法！

学识与武功竞争，终有了结果，
塾师获胜，赢得了姑娘的认可；
才子获佳人欢心，玉郎配娇娥，　　　15
　　到此我也唱完这曲短歌。

16①

有一天哟，唉，那一天！
爱的月份永远是五月天，
我看见一朵鲜花多娇艳，
迎着轻浮的暖风花招展；
暖风儿悄悄寻得通幽径，　　　5
偷偷钻进了绿叶花蕊间；
看得那多情人心头痒，
恨不得也化风往里钻。
他说："风儿能摸你的脸，
我也能搂着你舞翩跹！　　　10
可是哟，我已发过誓言，
不能从你的枝头把花攀；
唉，少年谁不想攀花，

---

① 此诗与《爱的徒劳》第 4 幕第 3 场第 99—118 行大同小异。

诅咒发誓不适宜少年。
为你朱庇特也会发誓,① 　　　　　15
甚至说朱诺丑陋不堪;②
他甚至可以不当天神,
为了爱你而甘愿下凡。"

17

羊儿不吃草,母羊不产羔,
公羊不发情,事情一团糟;
因为爱已消失,信念已动摇,
心儿在冷却,事情一团糟。
我所有的欢快舞曲都被遗忘, 　　　　　5
姑娘不再爱我哟,上帝知晓;
她曾爱意绵绵,信誓旦旦,
今背誓绝情却用斩麻快刀。
一句愚蠢谎言造成我所有烦恼;
唉,命运女神不再把我关照! 　　　　　10
如今我才明白,要说多变轻佻,
女人的手段远比男人的高超。

我伤心痛苦,但不怕罹祸,

---

① 朱庇特,罗马神话中的主神。
② 朱诺,朱庇特的妻子,罗马神话中的天后。

爱把我抛弃,给我戴上枷锁;
心儿在流血,希望全破灭, 15
苦难人生哟,充满了折磨。
我悠扬的牧笛早已经沉寂,
不再有铃铛声伴我的牧歌;
爱嬉戏的牧犬也不再撒欢,
低声吠叫似乎在担心什么; 20
深深悲叹,如泣如歌,
仿佛在见证我的悲哀落寞。
悲叹声飘向荒凉的远方,
像千军万马在血战中殒殁!

清泉不再涌流,鸟儿不再啁啾, 25
不会再有红花开在翠绿枝头;
羊儿都沉睡,牧人泪水流,
仙女都藏身,怯怯然回眸:
看昔日乡村欢乐不复存在,
看草原上的约会也不再有, 30
看黄昏聚会已离我们而去,
看爱情已湮灭,化为乌有。
再见吧,姑娘,没什么像你
既是我的欢乐,也是我的悲愁,
可怜的牧童只能永远孤独, 35
我看谁也没法再向他伸出援手。

18

要是你眼睛盯上了某位姑娘，
想把看上的这头鹿赶进栏里，
你最好让理智帮你斟酌掂量，
同时让想象也发挥一点威力；
　你还需要向某个聪明人咨询，　　　5
　此人不能太年轻，不能未婚。

当你开始向她吐露你的心思，
千万别油嘴滑舌，油腔滑调，
别让她嗅出任何诡诈的气息——
瘸腿可最容易发现别人跛脚——　　10
　你只消直言你如何如何爱她，
　再把她相貌人品都多多夸夸。

你必须千方百计讨她的欢心，
不要怕花钱，而花钱的关键
就是要让你慷慨大方的美名　　　　15
时时刻刻都回荡在她的耳边；
　要知道再坚固的堡垒或城池
　也难以抵挡黄金炮弹的攻击。

你必须随时显出自信而真诚，

向她求爱时更要殷勤加谦卑;   20
只要那姑娘不对你怀有二心,
你就没必要忙着去另攀花蕾。
　发现有机可乘就千万别迟疑,
　哪怕她推三阻四你也要坚持。

别管她皱眉蹙额,翘鼻噘嘴,   25
等不到天黑她又会满脸春色;
那时她会因辜负良辰而后悔,
悔不该掩饰自己的满心欢悦;
　天亮前你得让她有两度享受,
　不然她会心怀鄙屑与你分手。   30

别听她又叫又骂,嘴上说不,
别管她挥臂蹬腿,用力挣揣,
到头来她会娇弱无力地认输,
顺从后还会耍心机向你表白:
　"要是女人像男人般身强力壮,   35
　你要占我的便宜是痴心妄想。"

女人们爱耍的那套花样技巧,
通常都披着清纯可爱的外衣,
她们心里头包藏的诡计花招,
你与其同床共卧也不得而知。   40

313

难道你真就没听人常常在说
女人说"不"并不意味什么？①

要知道女人与男人勾心斗角，
都是想犯罪，而非要当圣人；
妙龄女心中不会有天国神庙，　　　　　45
人老珠黄时才愿去吃斋诵经。
　若床笫之欢仅限于拥抱接吻，
　那女人倒不如去找女人结婚。

不过，嘘！我已经说得够多，
我担心我情人听见这支小曲，　　　　　50
她可会扇我耳光，把我斥责，
责备我舌头太长，胡言乱语；
　但若知她的秘密被如此泄露，
　我敢说她自己也会脸红害羞。

19

与我相伴吧，做我的爱人，
让我们共享这悦人的美景：

---

① 莎士比亚的戏剧作品和爱情诗中，有一些对男欢女爱的自然主义描写，学界历来认为这是莎翁对黑暗中世纪时期压抑人性的反抗，是莎翁人文主义思想的一种表现。

小山、溪谷、深峡、田野，
还有嵯峨岩峣的高峰峻岭。

我俩可并肩坐在岩石上面，　　　　　　5
看牧童在草地上牧放羊群，
或是坐在清溪或飞瀑旁边，
聆听小鸟婉转悦耳的歌声。

我要用玫瑰花瓣为你铺床，
床边要用一千束香花扎成，　　　　　　10
用鲜花为你编织头冠衣裳，
再用桃金娘绿叶绣上饰衬。

做腰带就用麦草和常春藤，
纽扣则用珊瑚和琥珀制成，
要是这些乐趣能让你动心，　　　　　　15
那就来吧，来做我的情人。

情人回答：
如果这世界和爱都还年轻，
如果牧童的话句句是真情，
那么这些乐趣会令我动心，
我会伴随你，做你的情人。　　　　　　20

20

故事恰逢在那么一天，
在欣欣融融的五月间，
我坐在一片山桃林里，
其树荫令人清心惬意，
百兽欢跃，百鸟啼鸣，　　　　5
万木扶疏，花草蓁蓁；
世间万物都心花怒放，
唯有夜莺在独自悲伤：
可怜的鸟儿惨遭遗弃，
此时胸脯仍靠着荆棘，　　　10
她声声哀鸣如泣如诉，
闻者莫不怜悯其悲苦。
她先鸣三声"去去去！"
随后又呼叫"忒柔斯"，①
听她的哀鸣如此凄凉，　　　15
我也禁不住悲泪盈眶；
因为她讲的伤心故事
令我想到自己的遭遇。
唉，何苦呢？我心想：
没人会在乎你的悲怆！　　　20

---

① 详见第 123 页注释②。

无知草木不会倾听你,
无情野兽不会安慰你;
潘狄翁王早已经登遐,①
你的亲友都埋在地下;
其他的鸟儿都在欢唱,　　　　25
谁也不理会你的哀伤。
可怜的鸟,我的不幸
和你一样也没人同情。
命运女神展露过笑脸,
而你我都曾被她欺骗。　　　　30
盛时有人媚在你左右,
患难时却不再有朋友。
甜话好说,像风吹过,
知心朋友却真是不多;
如果你能够日进斗金,　　　　35
谁都想当你的哥儿们;
可一旦当你千金散尽,
人家见你就形同路人。
如果真有人挥金如土,
他们会夸他慷慨大度,　　　　40
甚至有人会这样捧场:
"只可惜他没当上国王。"

---

① 潘狄翁,雅典国王,普洛克涅和菲洛墨拉的父亲,忒柔斯的岳父。

如果那家伙想干坏事，
他们会催他切莫迟疑；
要是他喜欢问柳寻花，　　　45
他们会为他牵线作伐；
但要是命运让他倒霉，
他们对他就不再恭维；
当初对他是百般讨好，
如今却与他分道扬镳。　　　50
朋友应该能祸福同享，
需要时能够互济相帮；
你若伤心他也会流泪，
你若失眠他也难入睡；
你心中若有任何烦忧，　　　55
他都会与你一同承受。
明白这些你就能分清
谁是益友或谁是敌人。

凤凰和斑鸠[①]

让声音最亮的鸟儿歌唱，
在阿拉伯那棵独树树梢，
以它悲伤的歌声为号角，
召唤来所有贞洁的翅膀。

可是你哟，尖声的鸱鸮，　　5
你可别来参加这个葬礼，
你是那魔鬼邪恶的信使，
你是死亡将降临的前兆。[②]

所有凶残的食肉猛禽，
但百鸟之王雄鹰除外，　　10
都禁止靠近葬礼祭台，
因葬礼必须庄严肃静。

---

① 这首歌咏忠贞爱情的哲理诗最初发表时没有标题，19世纪以来以《凤凰和斑鸠》(The Phoenix and the Turtle) 为题刊行。
② 西方人认为鸱鸮是不祥之鸟，其叫声是死亡的预告。

319

就让能预知死亡的天鹅，
来担当身披白袍的祭司，
以免这仪式有失其礼仪， 15
因天鹅最懂得死亡之歌。①

而你，你这长寿的乌鸦，
你们只需吸取彼此呼吸
就能繁衍黑羽毛的后裔，②
这场葬礼也请你来参加。 20

现在让我们开始唱赞歌：
爱情与忠贞已双双涅槃；
凤凰和斑鸠飞离了尘寰，
从一团熊熊燃烧的烈火。

它们的相爱水乳交融， 25
两个灵魂已合为一体，
分明是二，但却是一，
数字已被消灭在爱中。

两颗心远隔，却未分离，

---

① 传说天鹅能预知自己的死亡并为之哀鸣，即所谓"天鹅之绝唱"。
② 传说乌鸦是用喙交媾，故属于上文所说的"贞洁的翅膀"。

在斑鸠和它的女王之间① 30
看上去有距离却不疏远；
若非于它俩这真是奇迹。

爱情在它俩之间闪烁，
以至斑鸠从凤凰眼里
看见真真切切的自己： 35
我就是你，你就是我。

属性就这样令人称奇，
自身原来竟不是自身：
单一属性的两个名称
既不叫二，也不叫一。 40

见分而不离，离而不散，
连理性本身也感到困惑；
它俩自己竟然难分你我，
简单也就这样变得纷繁。

理性惊呼"这明明是双， 45
看上去怎么是和谐的单！

---

① 有学者据此行认为诗中的凤凰和斑鸠暗喻"童贞女王"伊丽莎白一世和她的情人埃塞克斯伯爵。

321

若天下单一都如此这般,
理性非向爱把理性出让。

于是理性唱出这曲哀歌,
这哀歌献给凤凰和斑鸠,   50
那对同命运的爱侣情侪,
作为那悲哀场面的应和。

哀歌

美与真,稀世珍品,
全在于其简朴纯真,
今朝在此化为灰烬。   55

凤巢如今不复存在,
斑鸠那腔忠贞的爱
将归属于永恒未来。

它俩没有留下子孙,
这并非因痾恙不孕,   60
而是婚后依然童身。

从此言真即是说谎,

谬赞之美也是虚妄,
因真和美已被埋葬。

若心尚有真美留驻, 65
请来祭扫这座坟墓,
为这两只亡鸟祈福。

女王颂[1]

像钟面嘀嗒嘀嗒的指针
指示其已经指示过的时辰,
然后又从头开始记分报时,
循环渐进,永无尽止;[2]
我们祈愿尊贵的女王陛下   5
永远像钟面指针分秒不差,
引周而复始的四季变更,
当残冬离去便送来新春;
愿这些年龄尚幼的稚童,
虽现在还不能把舌头运用,   10

---

[1] 此诗乃1972才以手稿的形式被人发现的莎翁作品,由当代莎学专家、英国沃里克大学教授乔纳森·贝特(Jonathan Bate)和美国内华达大学教授埃里克·拉斯马森(Eric Rasmussen)于2007年首次编入皇家版《莎士比亚全集》。《女王颂》原稿写于一个信封背面,据贝特和拉斯马森二位教授考证,莎士比亚剧团曾于1599年2月20日(那天是忏悔星期二,即基督教四旬斋首日之前的那天)在王宫上演新剧《皆大欢喜》(As You Like It),此诗便是莎士比亚为该次演出临时草就的"收场白"。

[2] 参见《皆大欢喜》第2幕第7场第20—27行那段对时钟不停、人世沧桑的感慨。

今后能常在此把忏悔节过，①
像我这样给女王鞠躬献歌；
愿在座诸位大人的少爷，
当有朝一日加官晋爵，
能显得像她那样老成端庄， 15
她曾是你们父辈的女王。
我再一次祈愿这一宿心，
天嘉此愿用一声"阿门"。

---

① 英国人过忏悔节不像欧洲大陆各国那样狂欢，但通常会举行体育比赛和戏剧演出等活动。

《莎士比亚十四行诗全集》序[①]

李赋宁

莎士比亚最优秀的诗歌作品是他一生所写的十四行诗，共计154首（出版于1609年）。密尔斯在《智慧女神的女管家》（*Palladis Tamia*，1598年出版）一书里曾提到莎士比亚的"甜蜜的十四行诗流传在他亲密的朋友之间"（his sugared Sonnets among his private friends）。关于莎翁十四行诗写作的年代，尚无定论。有些评论家认为写于1594—1596年之间。另一派意见是大部分写于1598—1603年之间，还有人认为写于莎翁创作的各时期。笔者倾向于第二种说法。莎翁十四行诗体（又称英国十四行诗体）不同于传统的意大利十四行诗体（又称彼特拉克[Petrarchan]诗体），英国诗体把一首诗的十四行分为三个四行诗段（quatrain），外加一个相互押韵的双行诗段（couplet），用来总结全诗。英国诗体的韵脚为：*abab cdcd efef gg*。莎士比亚的154首十四行诗，按其内容可分成三组：第1—126首为第一组，写给一位长得十分美貌，且

[①] 这篇序言写于1995年11月，是李赋宁先生为曹明伦翻译的《莎士比亚十四行诗全集》第二版而作。该书第一版于1995年7月出版。——编者注

富才华的贵族青年。莎翁劝此青年结婚,生育后代,以便使他的美貌与才华延续下去,用来对抗时间和死亡对人类的威胁和袭击。第 127—152 首为第二组,写给一位皮肤较黑,性情乖戾,被称为"黑女人"(the Dark Lady)的妇女。最后两首诗(第 153—154 首)与上两组的内容无关,纯属写作练习。第一组和第二组之间的内容联系由第 40—42 首和第 133—136 首来标明,因为这些首诗都提到上述的青年贵族和上述的"黑女人"相互发生了关系,二人都对诗人莎士比亚不忠。另外,第 144 首也影射到此三角恋爱关系。关于莎翁十四行诗是否带有自传性质这个问题,评论家们意见也不一致。笔者倾向于"半自传、半虚构"的观点,青年贵族和"黑女人"都属实有其人。但另一方面,文艺复兴时期欧洲文学十四行诗的传统主题就是爱情和友谊。诗人探讨的问题就是二者之间的关系。莎翁十四行诗也充分体现了欧洲文学十四行诗的这一传统内容。但莎翁对此传统也有所更新。他特别强调时间和死亡对青春、美貌、友谊和爱情所起的侵袭和破坏作用。只有不朽的诗歌和友谊与爱情的不可战胜的力量才能抵御这种侵袭和破坏。莎士比亚相信忠贞的爱情是永恒的。他在第 116 首十四行诗中写道:"爱情并不随着它的暂短的钟点和星期而变易,而是坚持下去,直至末日审判的前夕(Love alters not with his brief hours and weeks, /But bears it out even to the edge of doom)。"莎士比亚的十四行诗具有这样的特点,即:这些诗篇的极为强烈的抒情感染力量,以精练的形式和含蓄而形象的语言来集中抒发诗人的个人感受和思考。特别值得推荐的是下列几首莎翁十四行诗:第 18 首"我是否可以把你比喻成夏天?"(主题是自然界的变幻无常;只有不朽的诗歌才能使人永生)、第30首"每当我把对前尘往事的回忆"(回忆往事、亡友和失去的爱情;只有真诚的友谊才能医治诗人过去心灵的创伤)、第64首"当我看见往昔的靡丽与浮华"(时间对自然界和人类文明的侵袭;时间也要夺走诗人的情人),以及第73首"你在我身上会看到这样的时节"(时间对青春和生命的侵袭;爱情是唯一的安慰)。

漓江出版社请青年翻译家曹明伦同志把莎翁154首十四行诗全部译成优美的现代汉语诗歌语言,这是我国翻译界的一件大事,曹译本的特点在于译文既确切,又通畅,读来颇有诗趣。另外,译者增加了数十条注释,引用《圣经》和希腊、罗马神话的故事和典故,帮助读者更深刻地理解原文,值得称赞。

汉译文学名著

第一辑书目（30种）

伊索寓言	〔古希腊〕伊索著　王焕生译
一千零一夜	李唯中译
托尔梅斯河的拉撒路	〔西〕佚名著　盛力译
培根随笔全集	〔英〕弗朗西斯·培根著　李家真译注
伯爵家书	〔英〕切斯特菲尔德著　杨士虎译
弃儿汤姆·琼斯史	〔英〕亨利·菲尔丁著　张谷若译
少年维特的烦恼	〔德〕歌德著　杨武能译
傲慢与偏见	〔英〕简·奥斯丁著　张玲、张扬译
红与黑	〔法〕斯当达著　罗新璋译
欧也妮·葛朗台 高老头	〔法〕巴尔扎克著　傅雷译
普希金诗选	〔俄〕普希金著　刘文飞译
巴黎圣母院	〔法〕雨果著　潘丽珍译
大卫·考坡菲	〔英〕查尔斯·狄更斯著　张谷若译
双城记	〔英〕查尔斯·狄更斯著　张玲、张扬译
呼啸山庄	〔英〕爱米丽·勃朗特著　张玲、张扬译
猎人笔记	〔俄〕屠格涅夫著　力冈译
恶之花	〔法〕夏尔·波德莱尔著　郭宏安译
茶花女	〔法〕小仲马著　郑克鲁译
战争与和平	〔俄〕列夫·托尔斯泰著　张捷译
德伯家的苔丝	〔英〕托马斯·哈代著　张谷若译
伤心之家	〔爱尔兰〕萧伯纳著　张谷若译
尼尔斯骑鹅旅行记	〔瑞典〕塞尔玛·拉格洛夫著　石琴娥译
泰戈尔诗选：新月集·飞鸟集	〔印〕泰戈尔著　郑振铎译
生命与希望之歌	〔尼加拉瓜〕鲁文·达里奥著　赵振江译
孤寂深渊	〔英〕拉德克利夫·霍尔著　张玲、张扬译
泪与笑	〔黎巴嫩〕纪伯伦著　李唯中译
血的婚礼——加西亚·洛尔迦戏剧选	〔西〕费德里科·加西亚·洛尔迦著　赵振江译
小王子	〔法〕圣埃克苏佩里著　郑克鲁译
鼠疫	〔法〕阿尔贝·加缪著　李玉民译
局外人	〔法〕阿尔贝·加缪著　李玉民译

第二辑书目（30种）

枕草子	〔日〕清少纳言著　周作人译
尼伯龙人之歌	佚名著　安书祉译
萨迦选集	石琴娥等译
亚瑟王之死	〔英〕托马斯·马洛礼著　黄素封译
呆厮国志	〔英〕亚历山大·蒲柏著　李家真译注
波斯人信札	〔法〕孟德斯鸠著　梁守锵译
东方来信——蒙太古夫人书信集	〔英〕蒙太古夫人著　冯环译
忏悔录	〔法〕卢梭著　李平沤译
阴谋与爱情	〔德〕席勒著　杨武能译
雪莱抒情诗选	〔英〕雪莱著　杨熙龄译
幻灭	〔法〕巴尔扎克著　傅雷译
雨果诗选	〔法〕雨果著　程曾厚译
爱伦·坡短篇小说全集	〔美〕爱伦·坡著　曹明伦译
名利场	〔英〕萨克雷著　杨必译
游美札记	〔英〕查尔斯·狄更斯著　张谷若译
巴黎的忧郁	〔法〕夏尔·波德莱尔著　郭宏安译
卡拉马佐夫兄弟	〔俄〕陀思妥耶夫斯基著　徐振亚、冯增义译
安娜·卡列尼娜	〔俄〕列夫·托尔斯泰著　力冈译
还乡	〔英〕托马斯·哈代著　张谷若译
无名的裘德	〔英〕托马斯·哈代著　张谷若译
快乐王子——王尔德童话全集	〔英〕奥斯卡·王尔德著　李家真译
理想丈夫	〔英〕奥斯卡·王尔德著　许渊冲译
莎乐美　文德美夫人的扇子	〔英〕奥斯卡·王尔德著　许渊冲译
原来如此的故事	〔英〕吉卜林著　曹明伦译
缎子鞋	〔法〕保尔·克洛岱尔著　余中先译
昨日世界：一个欧洲人的回忆	〔奥〕斯蒂芬·茨威格著　史行果译
先知　沙与沫	〔黎巴嫩〕纪伯伦著　李唯中译
诉讼	〔奥〕弗兰茨·卡夫卡著　章国锋译
老人与海	〔美〕欧内斯特·海明威著　吴钧燮译
烦恼的冬天	〔美〕约翰·斯坦贝克著　吴钧燮译

第三辑书目（40种）

埃达	〔冰岛〕佚名著　石琴娥、斯文译
徒然草	〔日〕吉田兼好著　王以铸译
乌托邦	〔英〕托马斯·莫尔著　戴镏龄译
罗密欧与朱丽叶	〔英〕莎士比亚著　朱生豪译
李尔王	〔英〕莎士比亚著　朱生豪译
大洋国	〔英〕哈林顿著　何新译
论批评　云鬟劫	〔英〕亚历山大·蒲柏著　李家真译注
论人	〔英〕亚历山大·蒲柏著　李家真译注
亲和力	〔德〕歌德著　高中甫译
大尉的女儿	〔俄〕普希金著　刘文飞译
悲惨世界	〔法〕雨果著　潘丽珍译
安徒生童话与故事全集	〔丹麦〕安徒生著　石琴娥译
死魂灵	〔俄〕果戈理著　郑海凌译
瓦尔登湖	〔美〕亨利·大卫·梭罗著　李家真译注
罪与罚	〔俄〕陀思妥耶夫斯基著　力冈、袁亚楠译
生活之路	〔俄〕列夫·托尔斯泰著　王志耕译
小妇人	〔美〕路易莎·梅·奥尔科特著　贾辉丰译
生命之用	〔英〕约翰·卢伯克著　曹明伦译
哈代中短篇小说选	〔英〕托马斯·哈代著　张玲、张扬译
卡斯特桥市长	〔英〕托马斯·哈代著　张玲、张扬译
一生	〔法〕莫泊桑著　盛澄华译
莫泊桑短篇小说选	〔法〕莫泊桑著　柳鸣九译
多利安·格雷的画像	〔英〕奥斯卡·王尔德著　李家真译注
苹果车——政治狂想曲	〔英〕萧伯纳著　老舍译
伊坦·弗洛美	〔美〕伊迪斯·华尔顿著　吕叔湘译
施尼茨勒中短篇小说选	〔奥〕阿图尔·施尼茨勒著　高中甫译
约翰·克利斯朵夫	〔法〕罗曼·罗兰著　傅雷译
童年	〔苏联〕高尔基著　郭家申译
在人间	〔苏联〕高尔基著　郭家申译
我的大学	〔苏联〕高尔基著　郭家申译

地粮	〔法〕安德烈·纪德著	盛澄华译
在底层的人们	〔墨〕马里亚诺·阿苏埃拉著	吴广孝译
啊，拓荒者	〔美〕薇拉·凯瑟著	曹明伦译
云雀之歌	〔美〕薇拉·凯瑟著	曹明伦译
我的安东妮亚	〔美〕薇拉·凯瑟著	曹明伦译
绿山墙的安妮	〔加〕露西·莫德·蒙哥马利著	马爱农译
远方的花园——希梅内斯诗选	〔西〕胡安·拉蒙·希梅内斯著	赵振江译
城堡	〔奥〕弗兰茨·卡夫卡著	赵蓉恒译
飘	〔美〕玛格丽特·米切尔著	傅东华译
愤怒的葡萄	〔美〕约翰·斯坦贝克著	胡仲持译

第四辑书目（30种）

伊戈尔出征记		李锡胤译
莎士比亚诗歌全集——十四行诗及其他	〔英〕莎士比亚著	曹明伦译
伏尔泰小说选	〔法〕伏尔泰著	傅雷译
海上劳工	〔法〕雨果著	许钧译
海华沙之歌	〔美〕朗费罗著	王科一译
远大前程	〔英〕查尔斯·狄更斯著	王科一译
当代英雄	〔俄〕莱蒙托夫著	吕绍宗译
夏洛蒂·勃朗特书信	〔英〕夏洛蒂·勃朗特著	杨静远译
缅因森林	〔美〕梭罗著	李家真译注
鳕鱼海岬	〔美〕梭罗著	李家真译注
黑骏马	〔英〕安娜·休厄尔著	马爱农译
地下室手记	〔俄〕陀思妥耶夫斯基著	刘文飞译
复活	〔俄〕列夫·托尔斯泰著	力冈译
乌有乡消息	〔英〕威廉·莫里斯著	黄嘉德译
生命之乐	〔英〕约翰·卢伯克著	曹明伦译
都德短篇小说选	〔法〕都德著	柳鸣九译
无足轻重的女人	〔英〕奥斯卡·王尔德著	许渊冲译
巴杜亚公爵夫人	〔英〕奥斯卡·王尔德著	许渊冲译
美之陨落：王尔德书信集	〔英〕奥斯卡·王尔德著	孙宜学译
名人传	〔法〕罗曼·罗兰著	傅雷译
伪币制造者	〔法〕安德烈·纪德著	盛澄华译
弗罗斯特诗全集	〔美〕弗罗斯特著	曹明伦译

弗罗斯特文集	〔美〕弗罗斯特著	曹明伦译
卡斯蒂利亚的田野：马查多诗选	〔西〕安东尼奥·马查多著	赵振江译
人类群星闪耀时：十四幅历史人物画像		
	〔奥〕斯蒂芬·茨威格著	高中甫、潘子立译
被折断的翅膀：纪伯伦中短篇小说选	〔黎巴嫩〕纪伯伦著	李唯中译
蓝色的火焰：纪伯伦爱情书简	〔黎巴嫩〕纪伯伦著	薛庆国译
失踪者	〔奥〕弗兰茨·卡夫卡著	徐纪贵译
获而一无所获	〔美〕欧内斯特·海明威著	曹明伦译
第一人	〔法〕阿尔贝·加缪著	闫素伟译

图书在版编目（CIP）数据

莎士比亚诗歌全集：十四行诗及其他 /（英）莎士比亚著；曹明伦译. —北京：商务印书馆，2023
（汉译世界文学名著丛书）
ISBN 978-7-100-22992-0

Ⅰ.①莎… Ⅱ.①莎…②曹… Ⅲ.①诗集—英国—中世纪 Ⅳ.① I561.23

中国国家版本馆 CIP 数据核字（2023）第 175923 号

权利保留，侵权必究。

汉译世界文学名著丛书
莎士比亚诗歌全集
——十四行诗及其他
〔英〕莎士比亚 著
曹明伦 译

商 务 印 书 馆 出 版
（北京王府井大街36号 邮政编码100710）
商 务 印 书 馆 发 行
北京市十月印刷有限公司印刷
ISBN 978 - 7 - 100 - 22992 - 0

| 2023年12月第1版 | 开本 850×1168 1/32 |
| 2023年12月北京第1次印刷 | 印张 11 插页 1 |

定价：55.00 元